U0009889

及時雨發配江州城・群雄巧計鬧華州

③

萌漫大話
水滸傳

繪時光 編繪

Graphic Times 53

及時雨發配江州城・群雄巧計鬧華州
3
萌漫大話
水滸傳

編　繪　繪時光
文字創作　李銘　趙繼承

野人文化股份有限公司
社　　長　張瑩瑩
總 編 輯　蔡麗真
責任編輯　徐子涵
校　　對　魏秋綢
行銷經理　林麗紅
行銷企畫　李映柔
封面設計　彭子馨
內頁排版　洪素貞

出　　版　野人文化股份有限公司
發　　行　遠足文化事業股份有限公司 (讀書共和國出版集團)
　　　　　地址：231 新北市新店區民權路 108-2 號 9 樓
　　　　　電話：(02) 2218-1417　傳真：(02) 8667-1065
　　　　　電子信箱：service@bookrep.com.tw
　　　　　網址：www.bookrep.com.tw
　　　　　郵撥帳號：19504465 遠足文化事業股份有限公司
　　　　　客服專線：0800-221-029
法律顧問　華洋法律事務所　蘇文生律師
印　　製　凱林彩印股份有限公司
初版首刷　2024 年 6 月

國家圖書館出版品預行編目（CIP）資料

萌漫大話水滸傳 . 3, 及時雨發配江州城 群
雄巧計鬧華州 / 繪時光繪；李銘，趙繼承著 .
-- 初版 . -- 新北市 : 野人文化股份有限公司
出版 : 遠足文化事業股份有限公司發行，
2024.06
　　面；　公分 . -- (Graphic times ; 53)
ISBN 978-626-7428-74-0(平裝)

1.CST: 水滸傳 2.CST: 漫畫

857.46　　　　　　　　　　113006704

萌漫大話水滸傳 (3)

線上讀者回函專用
QR CODE，你的寶
貴意見，將是我們
進步的最大動力。

野人文化
官方網頁

野人文化
讀者回函

歡迎團體訂購，另有優惠，請洽業務部 (02) 22181417 分機 1124

及時雨發配江州城‧群雄巧計鬧華州

③

萌漫大話

水滸傳

第 9 章
巧計鬧華州

水滸人物檔案

神機軍師朱武
282

文化小百科

虞候
281

歷史大揭秘

宿元景實有其人嗎？
280

第 1 章

「及時雨」
發配江州城

宋江思父歸故里

宋江帶著眾人投奔梁山泊，路上遇到石勇。石勇說有書信捎給宋江，是宋江的弟弟宋清寫來的。

宋江是一個大孝子，急急忙忙寫了封書信給燕順，叫他帶著這些江湖好漢去梁山泊找晁蓋入夥，自己回家奔喪去了。

宋江星夜兼程回到家裡，發現老爹安然無恙。原來是爹爹思念心切，生怕宋江落草為寇，所以才謊稱自己去世了。

當天晚上官兵就包圍了宋江家的院子，宋江也被抓捕歸案。宋江平日裡人緣很好，官府上下很多人都替宋江求情。宋江跟梁山泊私通的事情沒有暴露，官府就打算把宋江發配到江州。

押送宋江的兩個官差一個叫張千，一個叫李萬。他們早就拿了宋江家裡送的銀兩，對宋江本人也很尊重，所以一路上客客氣氣。

去江州的路上要路過梁山泊，宋江跟兩個官差商量對策。

宋江叫兩個官差押著自己繞路過去，誰想到三個人繞了很遠的路，卻還是被劉唐帶著弟兄們給堵住了。

劉唐揮舞大刀來殺官差，兩位官差嚇得魂不附體，苦苦求饒。宋江一看，趕緊攔住劉唐。

宋江好說歹說，劉唐才沒殺了兩個官差。很快，吳用和花榮騎著兩匹馬趕到，前呼後擁地把宋江請到梁山泊，兩個官差嚇得哆哆嗦嗦地跟在身後。

晁蓋在聚義廳上親切接見了宋江，宋江一再聲明不能入夥，還打算去江州服刑。

兩個官差跟在宋江身後，不敢離開一步，生怕這些梁山好漢一刀殺了他們。晁蓋下令殺雞宰羊，盛情款待。

入夥吧，我把這倆傢伙打發回去得了。

不行啊，我爹不讓我落草為寇，我真得走。

大大……大哥，少喝點，看著我們點。

梁山好漢不肯放宋江下山，宋江就以死相逼。晁蓋等人沒有辦法，只好答應下來。聽說宋江要去江州，吳用就提起一個人來。

我有個朋友叫戴宗，人稱「神行太保」。

我記住了。

他在江州做兩院押牢節級，有事可以找他。

及時雨發配江州城

第二天一早起來,宋江還是堅持要走。晁蓋等人只好放行,吳用給戴宗寫了封書信,叫宋江帶在身上。

宋江和兩個官差重新上路了,張千和李萬心驚膽戰。他們目睹了梁山泊這些人對宋江的尊重,更不敢怠慢了宋江。

這一天在路上走得又累又渴，看見嶺上有個酒店，宋江提議去買碗酒吃。
三個人進了酒店，找個位置坐下，半個時辰也不見人出來。

有人嗎？

嘿，這買賣沒人做啊！

餐飲業現在都這麼了不起了嗎？

三個人一起喊，才走出來一個大漢。宋江仔細觀察，
見這大漢儀表堂堂。

大漢站著不動，宋江三人很是奇怪。

宋江依了他的要求，從包裹取出銀兩來。大漢瞥見包裹裡鼓鼓囊囊的，覺得裡面一定有不少金銀，就趕緊出去打酒切肉。

三人一邊吃一邊聊，說到江湖險惡，好多人被下了蒙汗藥，被劫走了財物，還被害了性命。大漢聽了，也跟著插話調侃起來。

兩個官差說著話，口水流了下來，眼睛一閉跌倒在地。宋江一看慌了，起來拉官差，結果自己也腳下不穩，「撲通」一聲摔倒，昏了過去。

大漢把三人拖入廚房，丟在案板上。看到包裹裡的金銀，大漢心裡高興。

等其他人回來，把這三個人埋了，錢就歸我了。

這大漢叫李俊，水性好，喚做「混江龍」。這個時候，嶺上下來三個漢子，分別是「催命判官」李立，「出洞蛟」童威，「翻江蜃ㄕㄣ」童猛。

李俊一聽，我後廚可有三個人正想埋了呢，於是趕緊引著三人進來。大家仔細辨認，卻沒有一個能夠認出宋江的。

李俊一看慌了，趕緊找解藥給宋江灌下。幾個人把宋江抬到客房裡。這時候宋江才慢慢醒來。

宋江睜開眼睛，發現眼前的四個人他都不認識。李俊帶頭跪倒在地，宋江直揉腦袋，努力回想剛才發生的事情。

李俊跟宋江介紹兄弟幾個的情況，宋江找不到兩個官差，李俊趕緊去把他們拖了出來。

李俊趕緊給兩個官差灌解藥，官差醒來後，你看我，我看你，不知道剛才發生了什麼。

當天晚上李俊做東，端上好酒好菜招待宋江等人。眾人苦苦挽留宋江，但宋江去意已決，執意不肯留下。宋江第二天辭別李俊等人，一路朝著江州城而來。

回去吧。

到了江州城，兩個官差才商量著給宋江戴上枷鎖。兩個人拿著文書，進行交接工作。

江州府的知府是當朝太師蔡京的第九個兒子，叫蔡九。這小子仗著朝裡有人，無惡不作。

蔡九的眼睛很毒，看見宋江不是凡夫俗子，又瞧見枷鎖上的封印被取下來過，就當堂發難。

這什麼情況？

啊，大人，路上下雨淋濕了。

我打傘都不管用。

聽兩個官差如此說，蔡九也不再追究。叫人把宋江送到牢城營內去。

我感覺他眼神不對。

退堂！

這個宋江不是省油的燈啊。

宋江沒有虧待兩個官差，給了他們不少銀子。倆官差一路上歷經坎坷，幾次差點喪命，他們感謝宋江的救命之恩，拿著銀子樂顛顛地回去交差了。

這一路上太難忘了。

大哥，你可算把我們押送到地方了。

說反了。

沒反！這下我們安全了。

倆官差好事做到底，在牢城營內給管事的打了招呼。宋江也很會做人，送給管營一些銀子，打點好了上下關係。

小意思，不成敬意。

有錢能使鬼推磨，宋江的一百殺威棒也免了。

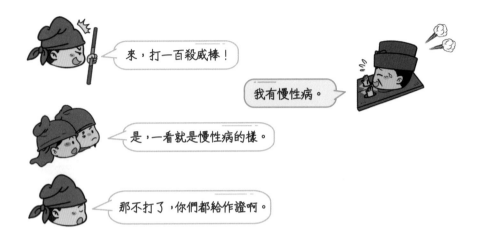

來，打一百殺威棒！

我有慢性病。

是，一看就是慢性病的樣。

那不打了，你們都給作證啊。

宋江不管官差職位高低，每一個都給了好處。沒多久，這些人都對宋江客客氣氣。

咱們犯人都跟宋江一樣有錢多好，我們是不是早都發家致富了。

就是，應該選宋江當模範！

及時雨會神行太保

宋江在獄中也不用幹活,最多做點抄抄寫寫的事。管事的還給他安排了單間,衛生條件很好。宋江跟囚徒們關係也很好,總是自己花錢請客。

辦個主題趴,酒錢都我出。

那是,有吃有喝的,誰還越獄啊。

宋江把獄中的文化生活搞得多活躍,這個月都沒有越獄的了。

很快,「及時雨」宋江在江州牢城營就出名了。不過,宋江也是奇怪,就是不給牢城營的節級戴宗送禮。

大哥,反正你也不差錢,要不我幫你給節級送點兒去?

不送!

戴宗聽說宋江到處送禮，就是不給自己，覺得沒面子。

戴宗見宋江一直沒動靜，實在是忍耐不住了，氣沖沖來找宋江興師問罪。

宋江不鹹不淡地回答，叫戴宗火冒三丈。戴宗吩咐手下打宋江，這些人都拿過宋江的好處，「呼啦」一聲都散去了，只留下宋江和戴宗兩個人。
戴宗被惹得怒火萬丈，要跟宋江拚個你死我活。

我弄死你就像弄死一隻蒼蠅。

我有什麼罪啊？你非要弄死我。

你一個犯人竟然敢欺負我。

哼，那你私通梁山泊吳用這件事呢，那怎麼算？

戴宗一聽，手裡舉著的棍子一下子就掉了，看著宋江
發愣。

宋江取出吳用的書信，交給了戴宗。戴宗一看，趕緊
跪地便拜。

兩個人言歸於好，找了江州城一家酒店開懷暢飲起來。這戴宗有驚人的道術，一日能行八百里。

哎呀，別提銀子的事了。

哥哥別笑話我，咱們這的反貪腐抓得不是很到位。

兄弟客氣了，大家都腐敗，其實不差您一個。

對了，給您的銀子我早都準備好了。

兩個人相談甚歡，忽然樓下有人吵鬧，店家上來央求戴宗趕緊下去。

鐵牛是誰？

他叫「黑旋風」李逵，是我一個手下。

大人，鐵牛在下面又打起來了，只有你能治得住他。

戴宗很快就把李逵帶上樓來，李逵看見宋江，大聲問
這是誰。

這黑傢伙是誰？

別沒禮貌，這人就是你
崇拜的「及時雨」宋江。

哎呀，得罪了，鐵牛
給哥哥磕頭。

宋江非常喜歡這個莽撞的漢子李逵，叫李逵坐下喝
酒。

李逵

換大碗，
好好喝酒。

剛才
為什麼打架？

李逵平日裡喜歡賭錢，還經常喝酒惹事，他手氣又不好，一賭錢就輸，輸了就與人發生爭執。宋江樂善好施當下摸出十兩銀子給了李逵。

喝完酒再去唄。

鐵牛性子急，我趕緊去贏錢，然後還哥哥本錢。

沒過多久，李逵回來了，坐下跟宋江和戴宗繼續喝酒。

錢贏回來了？

這麼快？

嘿嘿，本錢也輸了。

蔡京的兒子們

正打算跟眾人同上梁山的宋江卻被父親詐死騙回了家，當天晚上就被官兵抓住了，被判發配江州。當時的江州知府正是蔡京的第九個兒子蔡九。可事實上歷史上的蔡京只有八個兒子。

他的長子蔡攸不學無術，但特別善於溜鬚拍馬。他很早就與端王趙佶（也就是後來的徽宗皇帝）成了密友，趙佶登基後重用蔡攸，曾任命他為宰相，其權術手段一點不亞於父親蔡京，一度鋒頭還超過了蔡京，甚至上演了一場父子爭權的鬧劇。《水滸傳》第110回就寫到了蔡攸，說他征討王慶全軍覆沒，還百般遮掩狡辯。這倒與史實有幾分相似，當年宋、金約定聯手滅遼，蔡攸就曾隨童貫攻打燕京，結果損兵折將、一敗塗地。

蔡京的四子名蔡絛，人們記住他是因為他留下了一部《西清詩話》對後世影響巨大。蔡京專權時曾發動了一場大規模的文禁運動，大量禁毀蘇軾、黃庭堅等人的著作，而蔡絛卻是蘇、黃堅定的崇拜者，還一度因此受了處分。

第五子名蔡鞗，娶了宋徽宗的女兒茂德帝姬，是名副其實的駙馬爺。但靖康之變被金軍擄走後下落不明，他妻子茂德帝姬後來改嫁給了金國二皇子完顏宗望。

蔡京的八個兒子有六個學士，當時聲名赫赫，可惜最後有的被賜死，有的被流放，結局都比較悲慘。至於所謂蔡九，則顯然完全是虛構的。

我沒有這個兒子

嘿嘿，他是我杜撰的。

什麼！？

施耐庵

蔡京

蔡九

枷 枋(ㄐㄚ ㄔㄡ')

水滸英雄發配途中都戴著沉重的枷鎖。這枷鎖也正是古代最重要的繫囚工具之一。中國古代的枷一般為方形，枷分兩半，合攏後中間有圓孔，正好套在囚犯的脖子上。

宋朝的枷按重量分三等：15 斤、20 斤、25 斤，根據犯人的罪行輕重來確定枷的重量，一般死刑犯使用最重的 25 斤枷，流徒罪則用 20 斤枷。

另外方枷之外還有盤頭枷、行枷、立枷等很多不同類型的枷。盤頭枷，也就是圓枷，不僅枷的外形從方形變成了圓形，也比方枷略重。而立枷則更殘忍，它其實就是一架囚車，犯人立在其中，而頭則被上部的枷板卡住，幾乎完全不能動彈。行枷則稍微人性化一點，一般流放犯人長途跋涉時戴行枷，重量較輕，可減輕犯人途中的負擔，但一般須同時縛住雙手，以防犯人逃走。

《水滸傳》中提到的束縛手部的刑具就是「枋」，在林沖、武松被捕入獄時，小說都寫到了「枷枋」、「木枋」。「枋」的形制類似於現在的手銬，不過它是木製的，看上去像是在一塊完整木頭上挖出兩個圓環用來將犯人的兩隻手束縛住，中間部分略窄，與兩邊的圓環連為一體。

宋江發配途中應該是同時戴著枷和枋的，不過兩名官差為了討好他，經常會給他摘下來讓他放鬆放鬆。

我幫你把枷鎖卸下來，放鬆放鬆！

對！對！

神行太保戴宗

星名：天速星

座次：20

綽號：神行太保

職業：江州兩院押牢節級

特長：神行法

外貌：身材瘦長，人物清秀，
面闊唇方，兩眼凸出，炯炯有神。

梁山職司：總探聲息頭領

主要事蹟：戴宗是江州兩院押牢節級，宋江題反詩被捕，他夥同梁山眾人偽造蔡京書信搭救宋江，事敗後被捕，被梁山好漢救出後歸附梁山。在梁山各戰役中主要負責傳遞軍情、軍令，也頗有功績。攻打高唐時用激將法請公孫勝出山；攻打大名府時，戴宗在大名府散發無頭單子恐嚇梁中書；三敗高俅後與燕青同往東京，設計救出蕭讓、樂和。平方臘後受封袞州府都統制，不久即納還官誥，到泰安州嶽廟陪堂出家，幾個月後大笑而終。

人物評價：戴宗靠神行術日行八百里來為梁山隊伍傳遞軍情，除此外似乎別無所長。但看他能功成身退，終有幾分大智慧在。而在與宋江殷殷道別之時，他或有幾分要點醒對方的意思，可惜宋江終究執迷不悟，落得毒發身亡的悲慘下場。

兩隻腳行千里路，羅衫常惹塵埃，程途八百去還來。神行真太保，院長戴宗才。

第2章

江州劫法場

潯陽樓宋江吟反詩

宋江在牢城營閒著沒事，就去江州城找戴宗、李逵和張順喝酒。偏巧這天三人都不在，宋江就獨自來到潯陽江邊的酒樓喝酒。

宋江自斟自飲，喝得高興起來。宋江看到牆上有很多人的題詩，想起自己的境遇，感慨很多，也來了詩興。於是，他跟店家要來筆墨，也題寫了詩句。

心在山東身在吳，
飄蓬江海謾嗟吁。
他時若遂凌雲志，
敢笑黃巢不丈夫。

宋江

怎麼樣？
是不是有才？

宋江這四句詩是這樣寫的：「心在山東身在吳，飄蓬江海謾嗟吁。他時若遂凌雲志，敢笑黃巢不丈夫。」最要命的是宋江寫完詩句，還留下了自己的姓名。

宋江回到牢城營就把這事給忘到了腦後，江州城有一個叫黃文炳的人，他一直苦心鑽營想做官。

黃文炳知道知府蔡九是蔡太師的兒子，就一直恭維他。他總是來給蔡九送禮，投其所好。

這天黃文炳又來送厚禮，得知蔡九有公宴。他不敢進府，就溜達到潯陽樓上，上樓坐下喝酒。

黃文炳在潯陽樓上喝悶酒，抬頭看見了宋江題在牆上的詩句。黃文炳看到了「他時若遂凌雲志，敢笑黃巢不丈夫」時，感覺自己的好日子要來了。

心在山東身在吳，
飄蓬江海謾嗟吁。
他時若遂凌雲志，
敢笑黃巢不丈夫。

宋江

這宋江要謀反啊，不行，我得告他。

黃文炳把宋江的詩句都給抄寫下來，在船上歇息了一夜，第二天帶著禮物再去蔡府拜見蔡九。

送禮也不容易啊。

聽說有重禮相送，蔡九非常熱情地接待了黃文炳。蔡九看禮物挺值錢，就不拿黃文炳當外人了。蔡九說昨天來的客人是自己老爹派來的，還捎來了書信，說是叫自己多加小心。

蔡九告訴黃文炳，最近街上總有小孩唱童謠，說什麼「耗國因家木，刀兵點水工。縱橫三十六，播亂在山東。」

黃文炳一聽蔡九的話，內心十分高興，趕緊把抄錄的宋江詩句拿出來。

蔡九一看詩句，馬上也認定了這就是一首反詩。但是蔡九馬上提出了異議，一個牢城營裡的犯人，應該不能謀反。

黃文炳根據街上孩子唱的童謠，一句一句給蔡九解析。

「耗國因家木」，就是說耗散國家錢糧的人，一定是家頭頂著個木字，這明明是個宋字。

哦。

黃文炳分析得頭頭是道，蔡九不得不信服。

第二句「刀兵點水工」，這是說興起刀兵之人，水邊有個工字，明顯就是個江字。這個人姓宋名江，又作下反詩，明擺著要造反。

那「縱橫三十六，播亂在山東」是什麼意思？

宋江是山東的，就是他要謀反。

蔡九一聽黃文炳分析的有道理，趕緊升堂辦案，叫人去把戴宗叫來。

戴宗聽完心裡叫苦，嘴上答應著，趕緊施展神行功
夫，來找宋江。

戴宗把突發情況一說，宋江也害怕了，但後悔已經來
不及了，只能想辦法。

宋江依計而行，戴宗帶著人來抓宋江。只見宋江披頭散髮，在屎尿坑裡打滾。

戴宗一看，宋江演技不錯，裝得很逼真，內心十分高興。

眾人跟著戴宗回去，證明宋江是瘋子。蔡九正奇怪呢，黃文炳在屏風裡躲著，實在聽不下去了，出來揭穿謊言。

別聽他們忽悠您，宋江題的詩文采奕奕，字跡工整，根本不是有瘋病的人。

蔡九馬上叫人把宋江帶來。戴宗只好聽命，用一個大竹筐抬著宋江來到堂上。宋江繼續演戲，對著蔡九破口大罵。

我是玉皇大帝的女婿，你算什麼？

這人怎麼回事？

別聽他的，揍他。

蔡九聽了黃文炳的話，吩咐手下把宋江摁倒，先打了五十大板，把宋江打得皮開肉綻，鮮血淋漓。

宋江被打得實在是扛不住了，只好招供。

黃文炳表現出色，叫宋江招供了，蔡九對他刮目相看。

蔡九一聽有道理，趕忙把書信寫了，吩咐戴宗用神行功夫趕快去京城送信。戴宗接受了送信的任務，不敢不聽。他領了書信後，趕緊見了宋江。

哥哥放心，我一定想辦法救你，李逵會在這裡保護你的。

喝酒真是誤事啊。

這幫人真是奇怪，一首破詩還犯法！

梁山泊戴宗傳假信

戴宗施展法術，一天能走八百里地。這一天他到了朱貴的酒店喝酒，中了酒裡的蒙汗藥，昏倒在地。

哎呀，這信裡說宋江大哥的事呢，得把這人救醒，問個究竟。

朱貴

朱貴看信裡面的內容是說宋江被當做反賊被抓，要太師定奪怎麼處置，他趕緊去把戴宗弄醒。

醒醒，
醒醒……

戴宗睜眼一看，書信在朱貴手裡，於是大聲喝問。

何人如此大膽？

梁山好漢「旱地忽律」
朱貴是也。

哎呀，我跟吳用是朋友。

戴宗跟朱貴把前後經過說了一遍，朱貴覺得事態嚴重，趕緊帶著戴宗上了梁山泊。

晁蓋和吳用聽了戴宗的彙報，心裡十分著急。晁蓋馬上清點人馬，要下山去攻打江州。

吳用略一沉吟，馬上有了主意。

咱們將計就計，寫一封假書信，叫他們把宋江押解進京，咱們在半路上等著劫人。

這招妙啊！

誰會模仿筆跡啊？

吳用早就胸有成竹，他認識一個秀才叫「聖手書生」蕭讓，讓他模仿蔡京的字體寫信。那印章可以叫「玉臂匠」金大堅去刻，可以以假亂真。

都是人才啊，看來梁山發展，不能忽略了文化建設。

第二天，戴宗下山直奔蕭讓家。他先不說偽造書信的事情，只說求他刻碑文。蕭讓見戴宗闊氣，還先給了銀子，心裡十分高興，於是馬上引薦了金大堅。

咱們辦事不差錢。

蕭讓

金大堅

戴宗謊說建廟刻碑，把二人誆騙出來。半路上他藉口先行一步，叫二人慢慢走。

我怎麼感覺怪怪的呢？

嗨，人家給錢了，怕什麼。

路邊突然一聲呼哨聲,「矮腳虎」王英率領嘍囉把二人
包圍了。

我們是給人刻字的,什麼也沒有。

對,要不我們給你免費刻字行嗎?

哈,我們是梁山泊的,是來叫你們入夥的。

我們也不會幹你們的活兒啊。

對,不是一個行業啊。

蕭讓和金大堅不肯入夥，兩人就被請到了山上。第二天，兩人的全家老小都被梁山好漢給請到山上來了。蕭讓和金大堅面面相覷，真是無可奈何。

很快，「梁山造假隊」正式成立。吳用是隊長，指揮大家偽造蔡京書信。大家加班加點完成後，戴宗帶著書信飛奔回江州覆命。

戴宗剛走，晁蓋給造假小隊慶功。吳用一下子想起來偽造的書信有瑕疵，尤其是章蓋錯了。蔡京是蔡九的老爹，他不會用太師那個章給兒子寫信啊。

完了，這回露餡了。

哎呀，那咱們連夜下山，都去江州劫法場！

戴宗把書信交給蔡九，卻被黃文炳識破。蔡九一開始不信，於是兩人定下計策，試探戴宗。

辛苦你了，這次是管家老王接待你的嗎？

正是老王。

老王早都死了，現在是小王看管大門。

啊，是小王，我給記錯了。

哼，管家根本不姓王。來人，把他給我抓起來。

戴宗禁不住嚴刑拷打，只好撒謊說自己被梁山泊賊人抓了，他們偽造了書信，叫自己送回來。因為害怕蔡九治自己的罪，所以不敢說。

黃文炳再立新功，還給蔡九出主意，未免夜長夢多，再生枝節，應該趕緊把宋江和戴宗就地正法。

梁山泊好漢劫法場

蔡九想速戰速決，馬上殺了宋江和戴宗，幸好有黃孔目攔了下來。

你去辦手續，馬上殺了宋江和戴宗。

不行啊，快到七月十五日中元之節，不可行刑。五日後，方可行刑。

哦，那就叫他倆再活五天。

黃孔目

這寶貴的五天爲梁山好漢劫法場贏得了機會。第六日的時候，梁山好漢都已經趕到，只待尋找機會解救宋江和戴宗。宋江和戴宗吃了斷頭飯，兩個人一前一後，搖頭歎息。

我沒救成哥哥，自己把命也搭進去了。

都是我胡亂寫詩，招來了殺身之禍，還連累了兄弟。

法場上圍攏著看熱鬧的百姓，梁山好漢們也夾在人群裡伺機行事。蔡九看見現場亂糟糟的，生怕出事，叫官兵維持秩序，不讓百姓接近囚車。午時三刻一到，馬上下達了斬殺令。

午時三刻到了！

兄弟，下輩子再見了。

咱們也接近不了他們啊。

劊子手舉刀剛要砍頭，茶坊樓上的李逵手握板斧，大吼一聲從空中跳下來。兩個劊子手還沒反應過來，早被李逵砍倒了。

「黑旋風」來也！

晁蓋和吳用一看，拔出刀來上前助陣。雙方混戰在一起，蔡九嚇得在官兵護送下倉皇而逃。

梁山泊十七個好漢跟官兵廝殺起來，李逵最爲勇猛，
砍殺無數。

宋江和戴宗死裡逃生，大喜過望。李逵背著宋江，掄
著板斧在前面殺出一條血路，晁蓋等人跟著李逵一路
逃出了江州城。

誰也別過來，
鐵牛快砍他。

歷史上的黃巢起義

潯陽江邊的酒樓上宋江一時興起,在牆壁上題了幾句詩,其中一句「敢笑黃巢不丈夫」直接將他送上了法場。要理解為什麼這句會被黃文炳認定為反詩,就得先瞭解一下歷史上的黃巢和他發起的黃巢起義。

黃巢起義是唐朝末年的一次規模浩大的起義活動。黃巢原本是個讀書人,可惜考了很多年科舉也沒考中,無奈只能靠販賣私鹽為生。唐朝末年朝政腐敗、民不聊生,於是黃巢憤而在菏澤發動起義。起義軍由山東南下,一路橫掃淮河南北各地,隊伍迅速擴大到幾十萬人。

西元880年,黃巢起義軍攻佔唐朝的第二大城市——東都洛陽,並迅速佔領長安,建立大齊政權,當時的唐僖宗被迫逃到成都。可惜的是當了皇帝的黃巢被勝利沖昏了頭腦,沒有繼續乘勝追擊,結果遭遇唐朝軍隊反攻。黃巢兵敗後在虎狼谷自殺。

宋江「敢笑黃巢不丈夫」分明就是以一個撼動國家政權的起義軍領袖為榜樣,其野心昭然若揭,黃文炳斷定這首詩是反詩,根本算不上冤枉他。

不過黃巢起義軍銳不可當時,朝廷也曾經試圖招安,結果被黃巢斷然拒絕。他一心要推翻黑暗的政權,面對眼前的榮華富貴也絲毫不動心。反觀宋江,上梁山後千方百計只為招安,沉醉在自己封妻蔭子的夢想裡,論格局和膽魄比黃巢可差遠了,應該是反過來黃巢笑他「不丈夫」才對。

招安又怎樣?你以為皇帝會信任你一個反賊嗎?

黃巢

是我一時糊塗啊,把兄弟們帶上了不歸路。

宋江

童謠讖（ㄔㄣˋ）語

發現反詩的黃文炳來見蔡九，恰好蔡九也聽到街上流傳著一支童謠：「耗國因家木，刀兵點水工。縱橫三十六，播亂在山東。」於是黃文炳向蔡九解釋說，家中有木就是「宋」字，水邊有工就是「江」字，這就是預言宋江將來會造反啊。把童謠再與黃文炳抄來的反詩相印證，蔡九終於確信宋江就是個危險人物。相信童謠能預知未來，現在看來好像很荒唐，可古人對此可是很癡迷的。

古人其實很迷信讖語，也就是一些帶有預言性質的話，它經常就以童謠的形式出現，簡潔順口，非常易於傳播。

古代史書裡記載著很多應驗了的童謠。比如漢獻帝時董卓專權，長安街頭就開始流傳一首歌謠：「千里草，何青青。十日卜，不得生。」「千里草」合在一起就是「董」字，「十日卜」就是「卓」字，「何青青」是用草最茂盛的時候暗指人最強大的時候。「不得生」則暗示董卓敗亡的結局。歌謠四句的意思合在一起就是預示董卓將在他勢力如日中天的時候迅速滅亡。後來果然董卓被養子呂布殺害。因為類似的記載太多了，古人自然對這些童謠神奇的預言能力深信不疑。

當然，這些童謠其實都是人為炮製出來的，或為打擊政敵，或為宣傳自己，因為跟人的政治意圖、政治行動本就密切相關，最終演變成政治現實也是情理之中的事，根本不是什麼神秘能力在起作用。

家中有木就是「宋」字，水邊有工就是「江」字，這就是預言宋江將來會造反啊。

原來是這樣。

矮腳虎王英

星名：地微星

座次：58

綽號：矮腳虎

身份：清風山頭領

武器：槍

外貌：五短身材，一雙光眼

梁山職司：專掌三軍內探事馬軍頭領第一位

主要事蹟：王英原是一個車夫，見財起意搶了客人錢財被捕，越獄後到清風山落草，與燕順等一起打家劫舍。清風寨知寨劉高的妻子路過清風山，王英又見色起意，將她擄到山上取樂，在宋江勸說下才將之放回。宋江和花榮被黃信逮捕押解青州時，王英等三人救下宋江後攻佔清風寨，又在宋江建議下投靠了梁山。後來三打祝家莊時王英被扈三娘活捉，扈三娘上梁山後嫁給王英為妻。攻打青州時王英與秦明等擔任先鋒，征遼時與扈三娘等攻打太陰陣，征田虎時在蓋州斬殺偏將王吉，征方臘時與扈三娘一起生擒杭州守將溫克讓。但攻打睦州時，王英、扈三娘夫婦奉命應敵，王英被敵將鄭彪法術驚嚇，手忙腳亂之下被鄭彪一槍戳落馬身亡。

人物評價：王英貪財、好色，所作所為實在算不得好漢，但靠著主角光環的加持，他還是儼然成了英雄，而梁山隊伍品流之複雜由此可見一斑。

駝褐衲襖錦繡補，形貌崢嶸性粗魯。貪財好色最強梁，放火殺人王矮虎。

第 3 章

李逵下山

假李逵攔路打劫

話說梁山好漢把宋江一家人接上山來團聚，這叫宋江大喜過望，李逵看到也跟著高興。

梁山大擺筵席為宋江父子慶祝，這樣的情景叫公孫勝也萌生了回去孝敬老娘的念頭。於是，公孫勝也請假還鄉了。

送走公孫勝，「黑旋風」李逵終於情緒失控，放聲大哭起來。李逵這一哭，把大家都搞愣了。

原來李逵觸景生情，他的老娘在老家生活，一個哥哥在別處做長工，李逵感覺自己對老娘不夠孝順。

我派幾個人跟你去接老娘上山就是。

不行啊，李逵生性粗莽，誰不認識「黑旋風」啊，下山就得挨抓。

哥，你怎麼把老爹接上山來呢？你們吃香的喝辣的，可我娘在家喝西北風呢。

這話真傷人啊！

宋江聽李逵如此說，只好妥協了。

你下山也可以，但你必須答應我三件事。

說吧。

宋江和李逵約法三章，第一件事就是李逵不准喝酒；
第二件事是李逵要悄悄地去，接了老娘再悄悄回來；
第三件事是不准李逵帶著那兩把板斧。

不喝酒就不喝酒，
悄悄去就悄悄去，不
帶板斧就不帶板斧，
大家回見啦！

鐵牛，等會
兒啊……

這兄弟性子也
太急了吧！一眨眼的
工夫沒影了。

李逵一個人急匆匆離開梁山泊，很快就到了沂水縣
界。李逵牢記宋江的囑咐，不惹事，不喝酒。他到了
沂水縣西門外，見一群人圍著牆上貼的榜看。

你們看
什麼呢？

哦，憑什麼
給我排第三呢？
還有，這畫得也
不像我啊。

通緝賊人，第一名
宋江，第二名戴宗，
第三名李逵。

李逵正在榜前端詳自己的畫像，被趕來保護他的朱貴一把拉了人群。

朱貴帶著李逵到了自己兄弟朱富的酒店裡說話。

朱貴和朱富安排李逵吃飽喝足，囑咐李逵走大路，快
點接老母親回來。但李逵不聽，偏要走小路。

李逵在小路上走了一會兒，這個時候正是秋天，樹葉
紅彤彤一片。李逵心情挺好，決定在樹林裡歇息一
下。這時，大樹後面突然閃出一個大漢來，他手持兩
把板斧，朝著李逵大喊大叫。

李逵根本不把大漢看在眼裡，這大漢被氣惱了，開始做自我介紹。

李鬼見嚇不住李逵，撲上來掄起板斧就砍。李逵一刀就把他放倒了，一腳踩住他，並大聲呵斥。

李鬼不住地求饒賣慘，說家裡有九十歲的老母親需要贍養，所以才會冒充李逵的名字打劫。李逵一琢磨，自己是接老娘上山盡孝，卻把一個養娘的人殺掉，這樣不好。於是，李逵就把李鬼給放了。

李逵見李鬼有孝順之心，還送給他銀子，叫他換個工作。

李逵拿著朴刀，繼續趕路。四下裡都是山野，也看不到酒店。李逵又餓又渴，看到兩間草屋，就想進去討些吃喝。

李逵進了院，婦人去廚房裡做飯。只見外面進來一個大漢，正是李鬼，瘸著腿一拐一拐進來。

李鬼嚇了一跳，趕緊跟婦人商量起來。

李逵衝出來，把李鬼和婦人嚇得不輕，婦人從後門逃脫，李鬼被李逵一刀砍倒在地。

好漢饒命！

我都說了，你再犯事，我就砍你。

李逵殺了李鬼，很快趕到家中。老娘因為日夜思念李逵，哭得眼淚流乾，眼睛也瞎了。

娘，鐵牛現在當官了，有出息了，您跟我去享福吧。

好好好，我跟你去。

李逵母親

李逵剛要背著老娘離開，哥哥李達開門進來了。見到弟弟李逵，李達是破口大罵。

你弟弟現在當官有出息了。

呸，他就是個大騙子，他跟梁山泊的賊人一起劫法場、鬧江州。娘，他現在是土匪。

是真的嗎？

哥，要不你也跟我一起上山享福得了。

李達大怒，他知道自己打不過李逵，趕緊出去喊人。李逵一看，再不走就走不成了，背起老娘就跑。

娘，咱們快點走吧。

真李逵瞬殺四虎

李逵背著老娘奔小路就走，等李逵帶著人趕來，發現早已經人去屋空。李逵背著老娘到了山嶺下，天色已經晚了。這條山嶺叫沂嶺，過了山嶺才能有人家，這裡是沒有人煙的荒涼之地。

我就是口渴了，嗓子直冒煙。

娘，等過了山嶺咱們再吃飯。

李逵看見松樹邊有塊大青石，就把老娘放下。

娘，你在這坐著別動，我去給你找水。

李逵去附近尋找水源，走不多遠，聽到溪澗水響，
驚喜地來到溪水邊。李逵幾次嘗試手捧著水，結果
沒走幾步，水都從手掌漏了出去。李逵往四周看，
看到遠處山頂上有座小廟，李逵大喜。

真是好水啊，夠我娘
喝的。可是，怎麼把
水拿過去呢？

我去找個裝
水的工具。

李逵推開小廟的門，看到裡面有個石香爐。李逵高高興興去搬，卻發現香爐是跟石座連在一起的。

李逵搬不起來，就往石階上一磕，把香爐拿了下來。李逵樂顛顛地捧著香爐，到溪水邊裝滿了水。

李逵回到松林邊上，發現石頭上的娘不見了，李逵喊娘喝水，喊了幾聲也不見回應。

李逵心裡著急，定睛細看，發現地上有血跡和頭髮。李逵的腦袋「嗡」地一下，他知道老娘可能遭遇了不測。

順著血跡，李逵發現了一個山洞，裡面有兩隻小老虎正在那裡吃人腿。

啊！那是我娘的腿！我千辛萬苦背我娘到這裡，居然被你們給吃啦？

李逵心疼得哇哇大叫，他拿起朴刀，鑽進洞裡，一刀一個，殺掉了兩隻小老虎。

我殺殺殺！

李逵回頭，發現一隻母老虎回來了。李逵使出渾身力氣，朝著母老虎的屁股就是一刀。那母老虎疼得跳起來就跑，一下子掉到溪澗下去了。李逵拿著朴刀追了出來，只見樹叢中捲起一陣狂風，跳出一隻吊睛白額虎來。

那老虎朝著李逵猛撲過來，李逵不慌不忙，迎著那老虎的來路，手起一刀，正中那老虎的下頜。老虎本來還想捲土重來，無奈脖子已經被朴刀切斷，掙扎了幾下，死在石岩之下。

李逵連續殺了四隻老虎，哭著把老娘剩下的骨殖埋葬了。

李逵收拾包裹，拿著朴刀，往嶺下慢慢走去。幾個獵
戶看見李逵一身血污，都吃了一驚。

衆獵戶圍著李逵不讓他走，抬著四隻死老虎下嶺，簇
擁著李逵到了曹太公莊上。李逵把殺虎過程詳細說了
一遍，生怕大家認出自己，所以隱瞞了身份。

曹太公給李逵慶功，熱情招待李逵，還叫人來參觀老虎。附近的老百姓聽說有打虎的壯士，都跑來看熱鬧。

我是真餓了，多吃菜，少喝酒，然後咱們再說打老虎的事。

那李鬼的老婆娘家在這附近，她也來看老虎，一眼認出了李逵，馬上跟曹太公彙報了情況。

你可看清楚嘍。

是他殺了我丈夫，燒了我的房子，他是梁山泊的「黑旋風」李逵！

曹太公回來以後開始使勁兒給李逵灌酒，李逵漸漸放鬆了警惕，開懷暢飲起來。不大一會兒，李逵就喝得爛醉如泥。

就是他，扒了皮我都認得他的骨頭。

來人，把他給我綁了。

眾人衝上去把李逵摁倒，用繩子綁起來，他們怕李逵反抗，索性連同板凳一起綁住了。李逵醉酒，對這一切全然不知，還在呼呼大睡。

呼呼呼呼……

嗨，這呼嚕聲都震耳朵。

朱氏兄弟救李逵

曹太公等人趕緊向官府報告，沂水縣的知縣趕緊叫都頭李雲帶士兵去押解李逵。

> 快點兒去，別叫他人搶了頭功。

朱貴和朱富也聽到了消息，兩人趕緊想辦法。

> 這李雲武功很好，跟我關係不錯，經常教我功夫。

> 那就好辦了。

朱富叫人煮了牛肉，準備了好酒，還在裡面放了蒙汗藥。四更前後，兩人來到僻靜山路的路口等候押解李逵的人馬。

你把家眷也送上梁山吧，救完李逵，這裡也待不下去了。

李雲帶著士兵押解李逵回來，遇到了朱富。朱富熱情地打招呼，用酒菜招待他。李雲也沒多想，盛情難卻，就和士兵一起吃喝起來。

多吃多喝啊。

哎呦，你們還喝呢，給我來兩碗酒啊。

你是壞人，不能給你喝酒，給我邊上去。

李逵被人弄到旁邊，朱貴給他鬆了綁。再看這邊，士兵們喝酒後藥勁兒犯了，個個東倒西歪，趴了一地。這時，李雲才知道中計了。

沒被蒙汗藥麻倒的士兵，死的死、傷的傷、逃的逃。
李雲大怒，拿著朴刀和李逵戰在一處，兩個人打起來
不分勝負。

朱富隔開二人，邀請李雲一起上梁山，走投無路的李
雲只好跟隨大家上梁山泊入夥。

歷史大揭秘

真假李逵

李逵下山，正遇到李鬼假借他的名號攔路搶劫，李鬼本想謊稱自己家有老母騙李逵饒了自己，不想李逵識破了他的謊言，一怒之下把他殺了。你知道歷史上其實真有一個李逵，而且這個真李逵與《水滸傳》寫的李逵品性、事蹟都相差甚遠。

根據歷史記載，這個李逵本是山東密州的一個獄卒，當時金軍南下，密州的知州帶著全家棄城逃跑了，李逵幾個人就趁機佔領了密州城。他們眼見宋朝官兵與金軍作戰，也不出兵相助，而一心想著坐享其成。後來官兵被金軍打敗，李逵就將密州拱手送給了金人，做了為人所不齒的賣國賊。除了也是獄卒出身以外，這個李逵和《水滸傳》中的李逵根本毫無共同之處。

另外，從時間上來看，李逵密州造反的事件是發生在歷史上宋江全員招安之後，宋江等招安後都被授予一定品級的官職，所以李逵也不應該還只是一個獄卒。

由此來看，歷史記載中的密州李逵應該只是恰巧與宋江起義軍中的李逵同名同姓同一出身，實際上卻是毫無關係的兩個人。《水滸傳》塑造的李逵天真率直、嫉惡如仇，也絲毫沒有曾參考過密州李逵相關紀錄的痕跡。

俺鐵牛絕不會賣國求榮！

李逵為什麼綽號「黑旋風」?

李逵的綽號叫「黑旋風」，我們知道水滸英雄的綽號都濃縮著他們個人的外貌、性格、才能等各方面特徵，這就讓我們不由得想，李逵的綽號有什麼含義呢?

有人解釋說，「旋風」是指李逵性格暴躁，急急火火，如一陣旋風橫衝直撞。「黑」是指他皮膚黝黑，也就是說「黑旋風」這個綽號是把他的外貌特徵和性格特徵濃縮在一起而創造的名號。還有人提到曾有一種炮叫旋風炮，宋金對戰時曾用到這種炮。而李逵性格暴躁，就如同鋼炮一樣點火就爆。而且《水滸傳》中的李逵殺人如麻，其殺傷力也堪比火炮。

不過最早解釋李逵「黑旋風」綽號含義的是南宋龔開的《宋江三十六人畫贊》，他說:「風有大小，不辨雌雄。山谷之中，遇爾亦凶。」所謂風分雄雌，也就是我們通常所說陽風和陰風，陽風能暖人，而陰風則會傷人。龔開這句話的意思就是說，旋風無論大小、無論陰陽，遇到它就會有危險，暗指李逵其實是個危險人物。

另外，龔開在解釋柴進「小旋風」綽號時又說:「風有大小，黑惡則懼」，明確說明，只有「黑惡」的旋風才是令人懼怕的，顯然是要把柴進和李逵區別開來，告訴大家只有李逵這個「黑旋風」是危險的。

《水滸傳》中的李逵雖然天真率直，但是性格魯莽、手段殘暴，這種性格確實極其危險，而且很容易被人利用鑄成大錯。

黑旋風李逵

星名：天殺星

座次：22

綽號：黑旋風

職業：江州大牢牢子（獄卒）

武器：板斧

外貌：力大如牛，面黑似鐵

梁山職司：步軍頭領第五位

主要事蹟：李逵是江州大牢的一個小獄卒，宋江被發配江州，在戴宗的介紹下認識了宋江。有一次宋江要吃鮮魚，李逵去討魚，結果與魚牙主人「浪裡白條」張順廝打起來，在宋江的勸解下與張順成為好友。宋江被捕後，江州獨自劫法場，後隨宋江上梁山。上梁山後李逵不斷衝鋒陷陣，三打祝家莊，殺死祝龍祝彪等，屠滅扈家莊；為了逼朱仝上山，殺死知府家的小衙內；打死殷天錫，致使柴進被抓，梁山軍為營救柴進攻打高唐州；協助吳用賺盧俊義上山；大鬧東京，險些令宋江等人被抓；招安後歷次戰役都屢建戰功。征方臘後被封為鎮江潤州都統制。宋江察覺被奸臣暗算後，擔心自己死後李逵會起兵造反，就在李逵不知情的情況下讓他飲下毒酒，後毒發身亡。

人物評價：李逵常被讚為「真人」，他胸無城府，天真爛漫，待母至孝，對兄弟講義氣，而且傾肝瀝膽、毫無保留。但在李逵身上我們看到了人性的至善，也同樣看到了人性的至惡，一種赤裸裸的殘暴和視他人生命如草芥的冷酷。

家住沂州翠嶺東，殺人放火恣行兇。不搽煤墨渾身黑，似著朱砂兩眼紅。閒向溪邊磨巨斧，悶來岩畔斫喬松。力如牛猛堅如鐵，撼地搖天黑旋風。

第4章

一打祝家莊

❧ 時遷偷雞惹大禍 ❧

話說楊雄、石秀和時遷三個人來投奔梁山泊，一路上風塵僕僕，抓緊時間趕路。這一日，天色漸晚，看到路邊一家客店正要關門。楊雄三人好說歹說，才求得店小二留下他們住宿。

三人在店裡安頓下來，幾個人簡單做了點飯菜。石秀看見店中屋簷下插著十幾把好刀，十分好奇。

原來這裡方圓三百里，叫祝家莊。莊主太公祝朝奉，有三個兒子稱爲「祝氏三傑」。這個店叫祝家店，是祝朝奉開的。

這裡距離梁山泊不遠，賊人要是來借糧，我們就拿大刀砍他們。

嘿，他們這是跟梁山爲敵的節奏啊。

店小二炫耀完以後走了，三個人繼續喝酒。時遷看著飯桌上沒有好的下酒菜，就笑嘻嘻地從廚房端出一隻雞來。

噹噹噹——我變出一隻大公雞！

這玩意兒是下酒菜。

給我來個雞腿。

原來時遷到後院溜達，看見雞籠裡的這隻大公雞，就偷偷抓了出來，拿到外面給殺了。現在燉了一鍋香噴噴的雞湯，端給楊雄和石秀吃。

店小二半夜起來，在廚房發現了雞毛和雞骨頭，一看鍋裡還有雞湯呢。店小二慌忙去後院查看，發現大公雞不見了。店小二氣壞了，來找三人理論。

店小二喊人抓賊，五六個大漢衝了進來。雙方動起手來，這楊雄等人一頓拳腳，把這幾個人打得鼻青臉腫。

這些挨揍的人逃走後，楊雄三人自知惹禍了，覺得此地不能久留，得趕緊離開。石秀臨走時還放了一把火，把客店給燒了。

三人走了沒多遠，聽見後面人聲鼎沸，追上來一、二百人。這些人把楊雄三人圍在中間，雙方廝殺起來。店小二仗著人多勢眾，圍攻楊雄三人。好虎架不住群狼，楊雄三人漸漸抵擋不住。時遷不小心被撓鉤搭住，被生擒活捉了。

就是這三個饞鬼，他們都是梁山的賊！

大哥，咱們快撤吧。

快去梁山找人救我。

楊雄和石秀奮力殺出一條血路，倉皇而逃。天明時分，二人來
到了「鬼臉兒」杜興的酒店。原來楊雄當初救過杜興，沒有想到
今天意外相遇。

本地有三座山崗，分別有三個村莊。中間的是祝家莊，莊主是
祝朝奉，「祝氏三傑」分別是祝龍、祝虎，還有祝彪。他們還有
一個功夫了得的教師，叫「鐵棒」欒廷玉。西邊是扈家莊，老
莊主有個兒子叫扈成，女兒叫「一丈青」扈三娘。

撲天雕雙修生死書

杜興領著二人去莊上見到了李應，把前後經過說了一遍。

李應手下騎著快馬就去了祝家莊，幾個人開始喝酒聊天。沒多久，手下垂頭喪氣地回來了。

杜興拿著書信飛馬來到祝家莊，呈上書信，要求對方放了時遷。

杜興碰了一鼻子灰，回來把事情跟李應說了一遍。李應這面子上可過不去了，怒火沖天，上馬去祝家莊討要說法。

李應在祝家莊前叫陣，祝彪殺出來迎戰。

二人話不投機，打在一處。打了十八個回合，祝彪招架不住，撥馬便走。李應隨後驅馬趕來，祝彪拈弓搭箭偷襲李應。

李應躲閃不及，臂膀中箭，疼得「哎呀」一聲翻身落馬。祝彪一看，就回頭來取李應性命。楊雄和石秀一見，大喝一聲救下李應。祝彪跟楊雄、石秀交手，抵擋不住二人，於是勒馬想逃。楊雄一刀戳在馬屁股上，祝彪嚇得趕緊逃竄。

啊，你們打仗，戳我幹什麼？

李應受傷了，時遷也救不出來了。楊雄和石秀只好告別，投奔梁山泊去想辦法。

楊雄和石秀投奔梁山泊，晁蓋和宋江等人熱烈歡迎。楊雄把時遷被祝家莊抓去的事情和李應被祝彪所傷的事情說了一遍，不料晁蓋發火了。

宋江和吳用等人趕緊求情，晁蓋怒氣消了，饒了楊雄和石秀。宋江初上梁山泊，決定帶人去攻打祝家莊。第二天經過商議，宋江率領人馬直奔祝家莊而來。

宋江大軍在祝家莊外安營下寨，召開軍事會議，商討如何一舉拿下祝家莊。

🍃 宋江一打祝家莊 🍃

這祝家莊裡路徑複雜，以防萬一，宋江和花榮商議，
決定派人進去探路。

> 派個人去偵察清楚，這樣咱們才能長驅直入。

> 哇呀呀，讓我去偵察，我拿斧子把這些人砍了。

進入祝家莊偵察情況，得派穩妥之人。宋江權衡一
下，叫石秀和「錦豹子」楊林前去。

> 石秀兄弟因為先前去過祝家莊，就派你和楊林辛苦一趟吧。

> 遵命！

> 我呢？

楊林和石秀接受任務後，馬上開始準備。楊林打扮成了法師模樣，石秀以前賣過柴禾，於是扮做樵夫。

且說石秀挑著柴禾先進了祝家莊，走了不到二十里，發現路徑曲折，全是彎路。再加上樹木茂密，他根本辨認不出方向了。

石秀坐在地上犯愁的時候，楊林扮做法師從後面走來了。石秀趕緊叫住楊林，詢問情況。

兩個人商量了一下，決定見到大路就走。石秀挑著柴禾繼續趕路，看見前面有酒店，就在酒店門前歇腳。

老人很熱情，跟石秀介紹起了情況。

石秀說自己誤入祝家莊，根本找不到離開的路啊，並且求老人指點。

老人見石秀可憐兮兮，幫他指明道路。

兩個人正說著話，外面傳來吵鬧聲。一夥人綁著楊林
路過，石秀一看心裡直叫苦啊。

這是個冒牌法師，是奸細。

原來楊林可沒有石秀這麼幸運，他在祝家莊繞來繞去，徹底迷路了，被人看出了破綻。幾十個人包圍了楊林，不由分說把他抓住了。

石秀眼睜睜地看著楊林被帶走，也不敢輕舉妄動。老人家很善良，留石秀在家裡安歇。

咱們再說宋江的軍馬，他們在村口駐紮，一直等著楊林和石秀的消息，可是一點動靜都沒有，宋江開始焦急起來。

我就說他倆不行，不如叫我殺進去，就是幾斧頭的事……

鐵牛你少說幾句吧。

宋江派人探聽消息，很快探馬回來報告。

聽說祝家莊抓住了一個奸細，另外一個去向不明。

你看，我說他倆不行吧。「肉包子打狗——一去不回」了！

宋江聽完心裡也很惱怒，連夜下令，讓軍士披掛整齊。他叫李逵和楊雄做先鋒，搖旗吶喊，殺進祝家莊。

梁山大軍殺入祝家莊，先鋒官李逵心裡樂開了花，他脫掉上衣，掄著兩把板斧，衝到莊前。

可是祝家莊的吊橋高高拽起，莊門裡一點動靜都沒有，周圍靜得出奇。李逵看護城河不深，掄著板斧就要過去，楊雄趕緊扯住他。

使不得，有埋伏。

怕什麼，他們肯定是聽爺爺我來了，嚇跑沒影了。

李逵對著莊門破口大罵，裡面還是一點動靜沒有。宋江的大軍衝殺過來，仔細看了一下，心裡慌了。

糟糕，肯定中計了，趕緊撤軍。

別撤啊，我還一斧子沒砍呢。

宋江話音未落，祝家莊裡一聲號炮響起。緊接著，那獨龍崗上點起千百把火把，亮如白晝，城樓上的弩箭像雨點一般射了下來。

李逵氣急敗壞地砍空氣，對方的弩箭手射殺了無數個梁山士兵。

宋江一打祝家莊，就被四面包圍，大小嘍囉掩殺過來，梁山軍損失慘重。

宋江心裡叫苦，率領人馬往外衝殺，可是跑了一陣又跑回原來的地方了。

路上的埋伏太多，梁山軍被竹簽和鐵蒺藜扎得慘叫聲不斷。

正在宋江絕望之際，有人報告說石秀來了。宋江大喜
過望。

石秀在老人家草窩裡歇息，半夜聽到喊殺聲，趕緊趕
了過來。

大哥，你趕緊傳話，讓他們
只要看到白楊樹就轉彎。

傳話給全軍，遇到
白楊樹就轉彎。

什麼意思啊？

白楊樹怎麼了？

大軍接到命令，按照石秀說的去做，撤退就順利多了。花榮看到樹林裡有燈火，知道那是祝家莊指揮作戰的，於是拈弓搭箭，一箭射中了。

射掉他們的指揮中心，咱們就脫身了。

宋江總算帶著兵馬逃出了祝家莊，回頭清點人數的時候，才發現亂戰之中，「鎮三山」黃信也被祝家莊的人抓去了。

想救時遲，結果搭上了楊林和黃信。

哇呀呀，哥哥，要不咱們吃點東西再殺回去！

鐵牛，閉上你的烏鴉嘴！

關索是誰?

　　楊雄原來的綽號叫「賽關索」，後來《水滸傳》改為「病關索」，小說解釋道：「因為他一身好武藝，面貌微黃，因此人都稱他做病關索楊雄。」那麼關索是誰，為什麼用他的名號來稱讚楊雄呢？

　　根據流傳的三國故事，關索全名花關索，是三國名將關羽的兒子。關羽與劉備等桃園三結義後出去闖蕩時，關羽妻子已經懷有身孕。孩子七歲時不幸在元宵節看花燈時走失，被索員外帶回家中，後來拜班石洞花岳先生為師學習武藝，就取二人之姓合自己本姓為名，叫「花關索」。武藝學成後，關索隨母親一起找到關羽，之後跟隨關羽衝鋒陷陣，大顯身手，立了很多戰功。

　　不過我們在早期歷史記載中根本找不到關索這個人，直到元代以後的民間作品裡才開始出現越來越多關索的故事，這不能不讓人對關索其人的真實性產生懷疑。當然也有人提出，西南少數民族稱「爺」為「索」，關索就是關爺，是對關羽的敬稱，就是說，關索就是關羽本人。

　　如果這種說法成立、關索就是關羽的話，宋代人如此熱衷於用關索的名字起綽號也就可以理解了，那完全是出於對神一般的關羽的崇拜之情啊！而楊雄被稱為「病關索」，就是說他同關公一樣武藝高強，只是面貌微黃，看去有些病態的樣子。

朝奉

祝家莊的大家長是祝氏三傑的父親、太公祝朝奉，不過朝奉可不是他的名字哦，而是人們對他的尊稱。《水滸傳》前前後後寫了十幾個太公，他是唯一被尊稱為朝奉的人。

「朝奉」一詞在宋代原本是官職名。宋太宗名趙光義，他當了皇帝後，為了讓大家回避皇帝的名諱，就把原來的朝議大夫改稱朝奉大夫，朝議郎改稱朝奉郎，「朝奉」就是這兩個官職的簡稱。這兩個官職本為實職，後來逐漸變成了只顯示一個人品級的閒散職務，之後就越來越泛化，南宋以後就變成了對有一定地位的鄉紳的通用尊稱。

《水滸傳》裡的祝朝奉富甲一方，財雄勢大，而且還與李家莊、扈家莊結成聯盟，在社會動盪、豪強四起的亂世努力保一方平安，自然得到村民的擁戴，所以才被尊稱為祝朝奉。

而且祝朝奉和祝氏三傑，面對梁山隊伍的侵犯誓死抵抗，根本就無可厚非，甚至還可以說是一種英雄壯舉。反觀梁山隊伍，時遷偷雞，石秀放火燒客店，以「義」自我標榜的宋江攻下祝家莊後還想下令大屠殺，所謂俠義何在？

我是主角我有理！

病關索楊雄

星名：天牢星

座次：32

綽號：病關索

職業：薊州兩院押獄兼充市曹行刑劊子

武器：朴刀

外貌：兩眉入鬢，鳳眼朝天，淡黃面皮，細細有幾根髭髯。

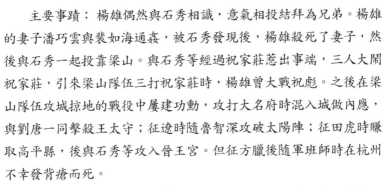

梁山職司：步軍頭領第七位

主要事蹟：楊雄偶然與石秀相識，意氣相投結拜為兄弟。楊雄的妻子潘巧雲與裴如海通姦，被石秀發現後，楊雄殺死了妻子，然後與石秀一起投靠梁山。與石秀等經過祝家莊惹出事端，三人大鬧祝家莊，引來梁山隊伍三打祝家莊時，楊雄曾大戰祝彪。之後在梁山隊伍攻城掠地的戰役中屢建功勳，攻打大名府時混入城做內應，與劉唐一同擊殺王太守；征遼時隨魯智深攻破太陽陣；征田虎時賺取高平縣，後與石秀等攻入晉王宮。但征方臘後隨軍班師時在杭州不幸發背瘡而死。

人物評價：金聖歎說：「要襯宋江奸詐，不覺寫作李逵真率；要襯石秀尖利，不覺寫作楊雄糊塗是也。」為了凸顯宋江的奸詐，特意在他身邊放個率真的李逵；為了凸顯石秀的精明果斷，特意把楊雄寫得糊裡糊塗。妻子與人通姦毫無察覺，潘巧雲誣陷石秀，楊雄馬上就跟他反目，如此種種，確實是糊塗得很。

兩臂雕青鎸嫩玉，頭巾環眼嵌玲瓏。鬢邊愛插翠芙蓉。背心書劊字，衫串染腥紅。問事廳前逞手段，行刑處刀利如風。微黃面色細眉濃。人稱病關索，好漢是楊雄。

第 5 章

二打祝家莊

一丈青單捉王矮虎

第一次攻打祝家莊，宋江是無功而返。他帶著人去拜訪李應，希望能在他那想到些辦法。誰想到李應卻閉門謝客，沒有見宋江。

碰了一鼻子灰。

李逵聽說這事後，非常生氣。

真是不識抬舉，我把他的莊門打開，叫他拜見哥哥。

有點同理心吧，李應也有難處。

宋江重振旗鼓，打算再去攻打祝家莊。

宋江點兵排將，讓馬麟、鄧飛、歐鵬、王英四人一起做先鋒。第二撥人馬由戴宗、秦明、楊雄、石秀、李俊、張橫、張順、白勝率領，準備從水路進攻。

宋江這次親自做先鋒，大軍浩浩蕩蕩，殺奔祝家莊。
來到獨龍崗前，宋江仔細觀察。

宋江看見那兩面旗，氣不打一處來。他帶領人馬轉過
獨龍崗，只見祝家莊如銅牆鐵壁一般，把守極其森
嚴。

還沒等宋江下令攻打，只見西邊殺來一隊軍馬。
山坡上下來三十騎戰馬，當中被簇擁著的女將正是扈
家莊的「一丈青」扈三娘。只見扈三娘騎著一匹青鬃
馬，掄兩口日月刀，英姿颯爽，好不威風。

宋江一看這扈三娘很是狂妄，便問誰能迎戰。「矮腳虎」王英一馬當先，殺了出去。

兩軍人馬吶喊助威，王英和扈三娘戰在一處。十數回合過後，王英就招架不住了。

王英抵擋不住，想跑也跑不掉，扈三娘一下就把王英
給活捉過去了。
歐鵬一看王英被抓，提起刀來幫忙，「一丈青」扈三娘
跟歐鵬打在一起。宋江看得著急，這歐鵬功夫很好，
可是也奈何不了扈三娘。

二打祝家莊擒扈三娘

鄧飛在遠處看得清楚，見歐鵬不能取勝，提著鐵槍衝向扈三娘，想來個二打一。祝家莊的人馬也看到了，祝龍率領三百餘人前來助戰。

梁山賊寇哪裡跑，祝龍來也。

祝龍飛馬奔向了宋江，馬麟看見後趕緊掄起雙刀，與祝龍廝殺起來。

還真有兩下子啊。看來還得喊人啊。

馬麟跟祝龍糾纏在一起，不分勝負。歐鵬大戰扈三娘
也佔不到便宜，宋江正在焦急之時，「霹靂火」秦明拍
馬趕到。

宋江見秦明趕到，心裡高興，叫他替下馬麟。秦明因
為徒弟黃信被捉，心裡十分惱怒，他舞起狼牙棒，直
奔祝龍而去。

給我狠狠打！

「霹靂火」來燒
你們了。

雙方戰成一團，宋江看得眼花繚亂。

祝龍跟秦明打了十個回合，有些抵擋不住。祝家莊的
教師欒廷玉，拎著鐵棒殺入戰團。

歐鵬跟欒廷玉交手，被欒廷玉一棒打中，一下子翻落馬下。

宋江這邊趕緊去救歐鵬，鄧飛直奔欒廷玉，宋江讓嘍囉們把歐鵬救回來。

那邊祝龍抵擋不住秦明的進攻，拍馬便逃。秦明欲
追，欒廷玉趕到後大戰秦明。

兩個人殺了二十多個回合，欒廷玉落荒而逃，秦明舞
動兵器緊追不捨。欒廷玉朝荒草叢中跑去，秦明不知
道是計策，從後面緊跟而入。

祝家莊的人早在荒草叢中設下了埋伏，秦明的戰馬一進去，他們馬上拽起絆馬索，秦明連人和馬都被絆倒了。

鄧飛看到秦明被抓了，慌忙趕來救他。結果他被祝家莊的嘍囉用撓鉤給鉤住，也被活捉了。

宋江一看自己的幾員大將接連被抓，叫苦不迭。馬麟護著宋江，向南逃走，身後欒廷玉、祝龍、扈三娘緊追不捨。

宋江被追得無路可逃，馬上就要束手被擒了。只見正南方向一個好漢飛馬而來，宋江仔細一看，是「沒遮攔」穆弘。東南方向也衝過來兩個好漢，一個是「病關索」楊雄，一個是「拼命三郎」石秀。

兄弟們，給我攔住他們。

「小李廣」花榮也衝殺過來，大家跟欒廷玉等人戰在一處。宋江大喜，覺得這次有機會取勝。

祝家莊眾人一看梁山好漢人多勢眾，小郎君祝彪就一馬當先，從莊裡殺了出來。宋江看天色晚了，保護著受傷的歐鵬出村口而去。

宋江等人且戰且走，突然間，「一丈青」扈三娘拍馬趕
到。宋江措手不及，趕緊逃走。

眼看著扈三娘要抓住宋江了，山坡上的李逵掄著板斧
衝殺過來。

李逵救下宋江，扈三娘勒住戰馬，樹林邊「豹子頭」林沖殺了過來，扈三娘趕緊迎戰。十個回合不到，扈三娘就被林沖活捉了。

宋江攔住李逵，決定把扈三娘押回梁山再行發落。

林沖保護宋江，一路殺出了祝家莊。宋江回到大帳中歇息，一夜都沒睡，越想越覺得窩囊。

這二打祝家莊——是憋氣又窩火。

第二天早上醒來，宋江還是一籌莫展。有人進來稟報，說吳用和「阮氏三雄」等人前來助陣了。

軍師，你們可來了。

吳用趕緊打聽戰況如何，宋江進行了詳細介紹。

這第一次攻打祝家莊時，楊林和黃信叫人家抓去了。第二次打的時候，扈三娘把王英逮走了，欒廷玉把歐鵬給揍得臥床不起了，還有秦明和鄧飛也被人抓去了……

我一開始是先鋒官，後來被撤職了。

都是敗仗啊？

宋江是羞愧萬分，如果不是林沖捉住了扈三娘，那兩次攻打祝家莊就是完敗。

我打不下祝家莊，救不出這些兄弟，我就死在這裡算了。

哈哈，這回也是活該他們倒楣，我吳用來了，祝家莊唾手可得！

解珍解寶雙越獄

吳用安慰宋江，接下來就把情況一五一十地講述給宋江聽。
話說山東有個地方叫登州，城外有一座山，山上有很多豺狼虎豹，傷了很多人。知府就給獵戶們下達了命令，必須把老虎都給打死。

有一家獵戶是兄弟兩個，哥倆都有一身驚人的武藝，
哥哥叫「兩頭蛇」解珍，弟弟喚做「雙尾蠍」解寶。

兄弟二人上山打老虎，晚上真射中了一隻大老虎。這
隻老虎帶著箭傷，掉進了毛太公家的後院裡。

這毛太公一家爲了自己去領賞,硬是把老虎藏起來了,假意拖著不去找老虎,解珍、解寶兩兄弟被他們給算計了。

功勞被毛太公他們給冒領了,解珍、解寶跟他們吵起來。不料毛太公和兒子買通了官府,反治了兄弟倆的罪。

解珍、解寶糊裡糊塗地被抓進了大牢，毛太公父子心狠手辣，他們買通監獄裡的人，要除掉解珍、解寶兄弟倆。

監牢裡有個小節級叫樂和，是解珍、解寶的親戚。樂和的姐姐嫁給了提轄孫立為妻，孫立的兄弟孫新娶的是顧大嫂，這顧大嫂也就成了解珍、解寶的表親。

這是一隻死老虎引發的冤案！

他們要害你們，得想個辦法啊。

咱們都是親戚，你給顧大嫂捎信，讓她救我們。

樂和

樂和就去找顧大嫂說了解珍、解寶的情況，顧大嫂爲
人特別豪爽，聽後馬上決定相救。

顧大嫂把丈夫孫新喊了回來，說明了情況。孫新毫不
猶豫，決定施救，但提出還要多找人手幫忙。

孫新把在登雲山佔山為王的鄒淵和鄒潤也拉了進來，
他們那裡有幾十個親信可以一同劫獄。
而且這鄒淵人脈很廣，他和梁山泊的「錦豹子」楊林十
分熟悉，和「火眼狻猊」鄧飛、「石將軍」石勇都是
哥們兒。這樣一來，他們就沒有了後顧之憂。

為了防止官兵追趕，孫新把他在登州做提轄的哥哥孫立也拉下水，讓他一起劫獄救人。

孫立綽號「病尉遲」，他的武功很好。聽弟弟和弟妹這麼說了，他也沒有辦法，只好入夥。

這些人悄悄潛入大牢，殺了看守，把解珍和解寶救了出來。在投奔梁山泊之前，解珍、解寶帶人去毛太公家，把毛太公全家都給殺了。

因為一隻死老虎，你們全家就想整死我們哥倆啊。

我們要報仇。

吳用把事情經過說了一遍，還說這祝家莊的欒廷玉跟孫立是師兄弟，這樣就能夠制定計策拿下祝家莊了。宋江一聽，心裡樂開了花，趕緊迎接解珍、解寶、鄒淵、鄒潤、孫新、顧大嫂、樂和等人入夥。

熱烈歡迎，咱們三打祝家莊，一定得成功啊，不能再讓他們把我按在地上摩擦了。

女將扈三娘的來歷

一丈青扈三娘是水滸七十二地煞之一，但說起她的來歷卻頗為複雜。

據記載，在兩宋之間，也就是靖康之亂前後確實出現過一個女將，綽號「一丈青」。當時金軍南下，宋朝官兵潰不成軍，於是就有一些有為之士出面集結潰散的士兵組織對抗金軍，「一丈青」就是一個潰卒首領馬皋ৄ的女兒。馬皋被殺後，她被另一位潰卒軍官閣ৄ勍收為義女。後來為了招攬一個游寇張用為自己所用，閣勍就將一丈青嫁給了張用。一丈青嫁給張用後，自己也親自統軍作戰，作戰時還打出自己的旗號：「關西貞烈女，護國馬夫人」。水滸故事中的「一丈青」大概就是以她為原型的。

不過《水滸傳》之前，她還只是叫「一丈青」，扈三娘的名字應該是小說作者根據另一個人的故事虛構出來的。小說裡扈三娘的哥哥叫扈成，扈家莊被屠後，只有扈成逃了出來，後來還參軍做了軍官。而這個扈成確實實有其人，他還是岳飛的同僚，後來全家被水賊戚方所殺，經歷跟《水滸傳》中的扈成經歷也相似。應該是《水滸傳》在將扈成這個人物嫁接到水滸故事中時，根據扈成的姓名虛構了扈三娘這個名字，由此「一丈青」就和扈三娘這個名字捏合在一起了。

妳也是我杜撰出來的。

啊！

施耐庵

扈三娘

「一丈青」是什麼意思?

扈三娘綽號「一丈青」,關於這個綽號的含義,有過很多解釋。

有人說,「一丈青」是古人插在髮髻上的一種簪子,扈三娘用它為綽號,既是取簪子細長的外形特徵形容扈三娘身材高挑頎長,同時也是借簪子尖利刺人的特點形容扈三娘性格潑辣難惹。

也有人說,「一丈青」是一種青蛇,「一丈」也是形容扈三娘身材修長,「青」則指青蛇,暗指扈三娘女性柔媚的特質。甚至有人猜想,「一丈青」是扈三娘身上的紋身,她可能紋了一條很長的青蛇。

另外還有人提出,「青」在江湖黑話中就指「刀」,大刀叫「大青」,小刀叫「小青」,而「一丈青」可能就是一種安有長柄的大刀。而扈三娘的武器就是「日月雙刀」,以「一丈青」為綽號就是讚賞她刀法了得,是靠著手中雙刀成名的。

《水滸傳》中用好漢擅長的武器作為綽號的有很多,大刀關勝、雙槍董平、雙鞭呼延灼等等。而且「船火兒」張橫之前傳說中的綽號也是「一丈青」,而張橫也是用刀的。這樣看起來,把「一丈青」解釋為「刀」更合理。

女中豪傑扈三娘

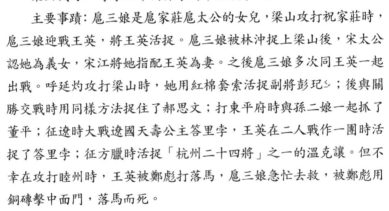

星名：地慧星

座次：59

綽號：一丈青

身份：扈家莊扈太公女兒

武器：日月雙刀

外貌：玉雪肌膚，芙蓉模樣；
眼溜秋波，萬種妖嬈

梁山職司：專掌三軍內探事馬軍頭領第二位

主要事蹟：扈三娘是扈家莊扈太公的女兒，梁山攻打祝家莊時，扈三娘迎戰王英，將王英活捉。扈三娘被林沖捉上梁山後，宋太公認她為義女，宋江將她指配王英為妻。之後扈三娘多次同王英一起出戰。呼延灼攻打梁山時，她用紅棉套索活捉副將彭玘；後與關勝交戰時用同樣方法捉住了郝思文；打東平府時與孫二娘一起抓了董平；征遼時大戰遼國天壽公主答里孛，王英在二人戰作一團時活捉了答里孛；征方臘時活捉「杭州二十四將」之一的溫克讓。但不幸在攻打睦州時，王英被鄭彪打落馬，扈三娘急忙去救，被鄭彪用銅磚擊中面門，落馬而死。

人物評價：扈三娘是小說裡唯一一個美貌無雙的女將，既有戰場衝鋒的英姿颯爽，又不失女性嫵媚。然而這樣一個看似完美的女性，全家被屠，被迫嫁給又矮又醜又無德的王英，從此只能嫁夫隨夫了此殘生，心中該有多少意難平？

蟬鬢金釵雙壓，鳳鞋寶鐙斜踏。連環鎧甲襯紅紗，繡帶柳腰端跨。霜刀把雄兵亂砍，玉纖將猛將生拿。天然美貌海棠花，一丈青當先出馬。

第 6 章

三打祝家莊

吳學究雙掌連環計

宋江正在帳中議事，有軍士來報，說西村扈家莊的扈成牽牛挑酒，特來求見。

不能給他面子，哥哥別忘了扈三娘像撑兔子一樣撑你。

快叫他進來。

扈成來到帳裡，趕緊賠禮道歉。

扈成

我妹妹一時魯莽，得罪了您，您能不能放了她？

想得挺美。

扈成一聽趕緊再次求情，還答應宋江無論要什麼都可以。宋江也沒客氣，叫扈成拿「矮腳虎」王英來交換。

扈成一看談不成，心裡著急了，他很擔心妹妹的處境。吳用微微一笑，他早就胸有成竹。

吳用說完，扈成滿口答應。聽說妹妹平安無事，扈成放心了。他答應了宋江的要求，不但不能再幫祝家莊打梁山好漢，而且只要有祝家莊的人逃往扈家莊，就抓住送到梁山來。

我是說話算數的，只要你們別傷害我妹妹。

那最好，這比送我金銀強多了。

扈成拜謝而去。宋江和吳用商議一下，開始實施三打祝家莊的計畫。

孫立他們剛來投奔，正好可以立個大功。

真好，這次一定能打下祝家莊。

讓我當先鋒官，我砍了他們。

來人，把李逵拖出去，快被他吵死了。

且說孫立一行人馬把旗子改換成了「登州兵馬提轄孫立」，他們來到了祝家莊後門，叫莊上的人報告欒廷玉。

欒廷玉聽說師弟孫立來見，心裡十分高興，也感覺很有面子，就跟「祝氏三傑」說了，然後帶著二十多人出莊迎接。

欒廷玉很高興，熱情接待孫立一行。

別提了，梁山賊寇
跟我們作對呢，被我們
給打得滿地找牙。

前門我沒敢進，外面
哪裡來的兵馬啊？

孫立聽欒廷玉稱已經抓來了好幾個賊寇，馬上表示願
意一起捉拿宋江，欒廷玉趕緊把孫立請進祝家莊。

有賢弟幫忙，宋江
這回等著被抓吧。

兄弟齊心，
打倒梁山。

欒廷玉熱情地把孫立等人介紹給祝朝奉，「祝氏三傑」也很給面子，聽說有援兵相助，都前來相見。

祝朝奉一聽孫立是新任兵馬提轄，想到這是管著自己的官啊，所以顯得格外客氣，孫立也把身邊這幾個人一一介紹給對方。

171

「祝氏三傑」都很聰明，但是也被孫立一行人欺騙過去了。

來這麼多人，可別有詐啊。

我看不像，孫立一看就是誠心的樣子。

欒教頭不能騙咱們。

第三日，莊兵來報告，說宋江調集人馬殺回來了。

你們觀戰，我去會會宋江。

宋公明三打祝家莊

祝彪叫人放下吊橋，帶著一百餘人殺了出來。迎面見宋江派過來的頭領是「小李廣」花榮，祝彪二話不說，挺槍便刺。

兩個人在獨龍崗前鬥了十多個回合也不分勝敗，花榮賣個破綻，撥馬便走，祝彪急忙追趕。祝彪正要縱馬追去，身後很多人提醒他。

別上當，他要暗算你！

尷尬了，我裝得就這麼不像嗎？

祝彪被大家一提醒，就不再追趕花榮了。花榮已經跑出去了，見到計策被識破了，便直接回去了。

第四日，宋江的兵馬又來莊前叫戰，「祝氏三傑」都披掛上馬，前去迎戰。祝朝奉在莊門上觀戰，左右站著欒廷玉和孫立。

看我三個兒子多厲害。

虎父無犬子啊。

宋江隊伍那邊閃出一員大將，正是「豹子頭」林沖。祝龍一見，提槍直奔林沖而來。兩個人戰了三十多個回合，仍然不分勝負。

祝龍和林沖沒有分出輸贏，兩邊鳴金收兵。祝虎看得心癢癢，提刀上馬，到陣前叫陣。

宋江陣上的「沒遮攔」穆弘打馬來戰，兩個人戰了三十多個回合，也沒分出勝負。祝彪一看，這也打不出勝負來，就縱馬殺了過來。宋江隊伍裡，「病關索」楊雄迎戰祝彪，展開了廝殺。

孫立一看，是該自己露一手的時候了。他招呼兄弟孫新，把自己的武器和盔甲都取來。

我下去活捉幾個賊寇來！

提轄一定小心。

孫立衝到陣前，宋江那邊的林沖和穆弘就停止了廝殺。

宋江，還不下馬受擒？

我砍他去，他竟然罵你。

把鐵牛給我拉住，孫立和咱們是一夥的。

宋江派出「拚命三郎」石秀前去迎戰，石秀當然明白宋江的用意，虛張聲勢衝殺過去。

孫提轄，一會兒你抓我。

好啊。

兩個人演技很好，打得十分熱鬧，一直打到五十多個
回合，孫立才把石秀給活捉了，觀戰的雙方都沒有看
出來破綻。

演得挺好啊！

石秀被抓，祝家莊大獲全勝。孫立表示應該優待俘
虜，等把宋江抓住後，一起押到東京去領賞。

必須好吃好喝，
把他們都關好。

這都抓住他們
七個賊寇了，得趕
緊做囚車了，不然
裝不下啊。

祝朝奉覺得孫立說的不錯，石秀等人的待遇得到了改善。石秀進來後，暗中把情況跟其他幾個人透露了。

孫立暗中叫鄒淵、鄒潤、樂和去後房偵察，把前後門戶都熟悉了。獄中的楊林和鄧飛看到鄒淵、鄒潤，心裡十分高興。

也合該祝家莊要敗，老底都被樂和等人知道了，這要是打起來，梁山好漢們裡應外合，祝家莊根本抵擋不住啊。

哼，老賊，你的末日快來了。

第五日，莊兵來報，說宋江氣勢洶洶，率兵分四路來戰。

四路？這是幹什麼？拼命來了？

嗨，就是兵分十路也沒用，都給他們活捉了來。對了，你的囚車做好了嗎？

木匠正在加班加點做呢。

正東的一隊人馬是「豹子頭」林沖，背後是李俊和阮小二，正西則是「小李廣」花榮，背後是張橫、張順。只見四面都是梁山的兵馬，喊殺聲陣陣。

祝家莊的兵馬不敢怠慢，兵分幾路去迎戰。鄒淵和鄒潤藏好了大斧子，在監獄門口等待時機，解珍和解寶等人也做好了隨時戰鬥的準備。

等一會兒就砍開牢門。

祝家莊擂了三通戰鼓，還放了一聲炮，然後開始迎敵。這邊的人馬剛殺出去，孫立就下達了作戰命令。鄒淵和鄒潤抽出板斧，打聲呼哨，把看守的莊兵砍倒。他們把牢門打開，七個梁山好漢衝了出來。

兄弟們，吃飽喝足，咱們開打吧。

祝家莊把兵馬派出去迎敵，不想後院起火了，祝朝奉嚇得不行。石秀攔住了他，一刀把他殺了。

解珍和解寶在後門放火，只見祝家莊裡烈焰沖天，顧大嫂等人越殺越勇。

出去迎戰的人馬見祝家莊火光四起，祝虎趕緊趕回來，被孫立攔住。

祝虎氣得七竅生煙，連忙撥轉馬頭，卻被呂方和郭盛攔住廝殺。祝虎一個分神，被斬於馬下。

祝龍跟林沖交手，漸漸抵擋不住。他想要撥馬回莊，
卻被解珍、解寶斷了後路，萬般無奈只得往北走，卻
不料遇到了「黑旋風」李逵。

祝龍哪裡是李逵的對手，很快就被李逵砍殺於馬下。

☙ 莽李逵誤屠扈家莊 ❧

祝彪見大勢已去，不敢回莊救人，直接奔扈家莊而來。那扈成早在那裡等著呢，祝彪一到這就被捉了。

屝成，你怎麼也叛變了？

對不住了，我得用你換我妹妹。

扈成綁著祝彪，押著他來找宋江換自己的妹妹，結果迎面遇到了李逵。

哇呀呀，拿命來，我砍！

咱們是一夥的。

這個魯莽的李逵根本不聽扈成解釋，上去一斧子就把祝彪砍死了。扈成還想解釋，李逵掄著斧子朝他砍來。

扈成嚇得倉皇而逃，李逵殺得興起，也不管是哪夥的人了，竟然衝進扈家莊，把扈成的全家都給殺了。

三打祝家莊，宋江大獲全勝，衆頭領都來獻功，李逵也大獲全勝回來了。

李逵一聽自己殺錯了，趕緊說祝彪也被他給殺了。

李逵不但沒領到功，還差點被軍法處置了。

宋江三打祝家莊，終於高奏凱歌。宋江覺得還是應該把李應也招攬到梁山泊來，於是他們又想出了一個辦法來。

李應一直閉門謝客，但是一直在打探祝家莊那邊的情況。這一天本州知府率隊來了，李應趕緊迎接。

知府大人才不聽解釋，只說祝家莊的人把李應告了，當下押了李應和杜興就走。路上遇到林沖等人阻攔，雙方一交手，知府等人嚇得跑了。

李應一看這是沒有退路了，跟杜興商量了一下，只好
歸順了梁山泊。
李應和杜興在梁山泊安頓下來，卻發現知府和先前的
官差都是梁山好漢假扮的，李應內心是百感交集啊。

尉遲是誰?

　　孫立綽號「病尉遲」，他弟弟孫新則被喚作「小尉遲」，這裡提到的「尉遲」可不是一般人，而是一個古代民間神一般存在的英雄。

　　「尉遲」就是尉遲恭，字敬德，是唐代供奉在凌煙閣上的二十四功臣之一。官府宣傳的大力推動逐漸開啟了尉遲恭在民間的神化之路，有關他的傳說越來越多，也越傳越離奇。尉遲恭身材魁偉，生得又黑又壯，於是民間流傳，他母親在懷上他時曾夢到黑虎入懷，說他其實是黑虎下凡。當然最離奇的還是他和秦瓊被奉為門神，貼在了家家戶戶的大門上，成了家宅平安的守護神。

　　另外，正式的歷史記載並沒有提到尉遲恭擅使鐵鞭，但民間相關的傳說卻非常多，最為人熟知的就是他單鞭救主的故事了。隋末各路起義軍混戰之時，有一次秦王李世民只帶了十幾個人外出察看敵營，不料被對手王世充派手下大將單雄信帶領五百人團團圍住。正在危急時刻，尉遲恭單槍匹馬揮舞著鋼鞭殺了進來，幾個回合就打敗單雄信，救出了李世民。這個故事經過各類文學作品反覆演繹早已深入人心，手舞鋼鞭也成了尉遲恭的經典造型。

　　《水滸傳》中孫立孫新兄弟擅長的武器也是鋼鞭，所以把他們比作尉遲恭，但孫立因面色發黃，就稱為「病尉遲」，弟弟比他年紀小就叫「小尉遲」。

我沒有病，我只是膚色純正的黃種人！

孫立

提轄

孫立的職務是登州兵馬提轄，而讀過《水滸傳》的人對「提轄」這個官職名肯定不陌生，梁山好漢中最受歡迎的大俠魯智深在落草前也是「提轄」——渭州經略府提轄。不過《水滸傳》寫到的「提轄」一職卻讓人有些迷惑不解。

根據小說所寫，魯達是渭州經略府提轄。經略是經略安撫使的簡稱，一般設在邊疆地區，負責掌管地方軍隊。這就是說魯智深在經略史手下任「提轄」一職。而孫立則是掌管登州一州兵馬的提轄。但北宋軍隊中雖有「提轄兵甲」一職，不過按照記載，一般都是由地方長官（文官）兼任，而魯達、孫立都是武官，身份顯然不符合「提轄兵甲」一職的要求。另外北宋也有「提轄官」，但主要是負責雜務工作的事務官，也並非軍官，與小說對二人身份的描述也不符。

根據小說的描寫推測，它所謂「提轄」有可能是指「鈐轄」一職。宋朝統領一路或一州軍隊的武將稱「鈐轄」，其辦事機構稱為鈐轄司，有時也可以由行政長官——知州兼任。小說可能把「提轄」和「鈐轄」搞混了。

不過「鈐轄」一職位高權重，如果魯智深是「鈐轄」的話，可就不是所謂低級軍官了。魯智深的「經略府提轄」到底是什麼職務，仍是未解之謎。

你是提轄，我也是提轄！

幸會！

魯智深

病尉遲孫立

星名：地勇星

座次：39

綽號：病尉遲

職業：登州兵馬提轄

武器：長槍、竹節鋼鞭

外貌：淡黃面皮，落腮鬍鬚，八尺以上身材

梁山職司：馬軍小彪將兼遠探出哨頭領第二位

主要事蹟：孫立是登州兵馬提轄，孫新妻子顧大嫂的兩位表弟解珍、解寶兄弟被毛太公等人陷害入獄，孫立在孫新夫妻的脅迫下一同劫大牢，救出解珍、解寶兄弟，並與他們一起投靠了梁山泊。梁山攻打祝家莊時，因祝家莊教師欒廷玉是孫立的同門師兄，孫立便到祝家莊作臥底，與梁山人馬裡應外合，攻破了祝家莊。梁山受招安後，孫立隨大軍南征北戰，立了不少功勞。征遼時擊殺寇鎮遠，征田虎時大戰方瓊，攻打蘇州時打死張威，攻打昱嶺關活捉雷炯。征方臘後仍回登州就任。

人物評價：孫立上梁山前已經是一州兵馬的統帥，地位卓然。而上梁山後經歷一番南征北戰後他似乎又回到了原點。看上去孫立更像是被顧大嫂等脅迫著走了一段長長的彎路，只是當一切看似回到原點時，這段彎路真的可以被遺忘嗎？已經改變了的人生軌跡將注定前路會完全不同。

鬍鬚黑霧飄，性格流星急。鞭槍最熟慣，弓箭常溫習。
闊臉似妝金，雙睛如點漆。軍中顯姓名，病尉遲孫立。

第7章

大破高唐州

李逵打死殷天錫

梁山好漢想邀請朱仝上山入夥，感念他幾次仗義相救之恩，誰想到朱仝根本不打算落草為寇。宋江和吳用就出了一個餿主意，叫李逵把知府的孩子殺害，嫁禍到朱仝身上，這叫朱仝大為光火。

李逵怎麼解釋也不行，朱仝非要跟李逵拼命。沒有辦法，吳用只好叫李逵留在柴進莊上，免得他在梁山跟朱仝見面。

柴進的叔叔柴皇城在高唐州居住，他派人捎來書信，
要柴進趕緊過去，說家裡出事了。

我不認識字，出了什麼事啊？

高唐州的知府高廉有個小舅子叫殷天錫，看中了我叔叔家的花園，想要強佔花園，還動手打人。

太欺負人了，我去拿斧子砍了他！

李逵在莊上待得煩悶，非要跟著柴進一同前往高唐
州。柴進只好帶著他，不過要求他不准惹禍。

你放心吧，我最聽話了。

這可是你說的！

柴皇城看見柴進後放聲大哭，訴說了被欺壓的經過。

那高廉是東京高俅高太尉的親戚，向來仗勢欺人。我說咱們家有鐵券丹書，皇帝都很尊敬我們。但他們根本不聽，上來就打人。

大官人，我弱弱地問一句，我砍他兩斧子行嗎？

真是無法無天。

柴皇城悲憤去世，柴進痛哭一場，幫著操辦後事。他派人回莊上去取鐵券丹書，為上京告狀做準備。

叔叔，我一定為你報仇雪恨。

哭得我也難過了，我砍死這幫壞人。

第三日，那殷天錫帶著二、三十人出城遊玩，然後就來到柴皇城家，叫管事的進去回話，柴進穿著孝服出來見殷天錫。

哎呀，老柴頭死了，聽說你是他侄子啊，給你三天時間搬家！

殷天錫

你別欺人太甚，我們家也有鐵券丹書。

殷天錫一聽大怒，命令手下毆打柴進。

嘿，你們家還有那東西？給我看看，拿不出來打死你。

在哪裡呢？

派人回去取了。

這幫無賴衝上來毆打柴進，李逵早就在院子裡聽著呢，大吼一聲跳了出來。那殷天錫還沒反應過來，就被李逵揪下馬來，一拳就被打死了。

你是誰啊？

先吃我一拳，哎呀，這就完蛋了，太不禁打了。

殷天錫被打死了，手下的人嚇得一哄而散，柴進看見殷天錫死了心裡直叫苦。李逵還沒找斧子呢，就把人打死了，柴進趕緊給李逵拿了盤纏，叫他回到梁山泊去。

欺負人，我還沒砍他呢。

快走吧，再不走就來不及了。

不一會兒，來了二百餘人抓李逵。他們到處找不到李逵，就把柴進抓到了官府。那知府聽說自己的小舅子被人給打死了，氣得暴跳如雷。

知府高廉氣得七竅生煙，不由分說叫人把柴進打得皮開肉綻，鮮血迸流，然後把柴進關進死牢。他派人抄了柴皇城的家，房屋也被他佔了去。

李逵知道自己惹禍了，連夜逃回梁山泊。朱仝看見李逵，怒從心頭起，拿刀就砍。李逵拎著板斧跟朱仝纏鬥，各位好漢趕緊上前拉架。

好說歹說，李逵不停賠禮道歉，朱仝才消了怒火。

李逵把事情一五一十跟大家說了一遍，宋江和晁蓋商議了一下，決定下山攻打高唐州，去救柴進。

宋江整點兵馬，帶著林沖、花榮、秦明、李俊、呂方、郭盛、孫立、歐鵬、楊林、鄧飛、馬麟、白勝十二個頭領，率領五千名步軍作先鋒。宋江和吳用擔任中軍主帥，還讓朱仝、雷橫、戴宗、李逵、張橫、張順、楊雄、石秀擔任頭領，引馬三千步軍策應。

高廉施妖法敗梁山泊

聽說梁山大軍壓境，高唐州知府高廉並不慌張。他一聲號令下去，領兵出城迎戰。

雙方在陣前相見，林沖和花榮、秦明在陣前叫陣。林沖出戰，高廉厲聲痛罵。

高唐州的混蛋們，過來受死。

你竟然口出不遜，誰去把林沖給我抓回來。

高廉隊伍裡的大將于直拍馬掄刀朝著林沖而來，林沖
與他戰了五個回合，一槍刺死于直。

隊伍裡又殺出一員猛將，名叫溫文寶，他要爲于直報
仇，直接殺奔林沖。秦明搶在林沖前面，拍馬迎戰。
十個回合上下，秦明把溫文寶打落下馬，溫文寶一命
嗚呼。

高廉一看，這才多大工夫啊，就連著被殺了兩員大將，看來自己不出手不行了。高廉拿出寶劍，口中念念有詞，一瞬間，天空飛沙走石，怪風陣陣。

林沖等人的戰馬嚇得四處逃竄，高廉指揮神兵殺了過來，林沖的兵馬哪裡見過這樣的打法，死傷慘重，不得不退回五十里。

宋江趕到後，聽說高廉用法術傷人，也被嚇得不輕。吳用趕緊翻書查看對策，跟宋江商量好了辦法，等高廉作法之前先發制人。

我先下手為強。

讓我去一頓板斧……

你還是躲著點朱仝吧，他火氣還沒消呢。

宋江和高廉再次交手，不等高廉作法，宋江口中念念有詞，那陣風便退了回去。高廉一看遇到對手了，於是寶劍一揮，殺出一群猛獸來。

我還有一招！

你後下手遭殃！

這群怪獸毒蟲，朝著宋江的隊伍衝來。宋江的人馬都驚呆了，人人奪路而逃。這猛獸怪物所到之處，梁山大軍死傷無數。

接連兩次大敗，宋江等人不敢輕敵。到了晚上，楊林和白勝埋伏在草叢裡，看見高廉率領兵馬前來偷襲，雙方發生了廝殺，楊林和白勝一頓亂箭，射中了高廉的左背。

雙方開始僵持不下，宋江心裡十分著急。吳用想起公孫勝來，認爲只有請他出面才能戰勝高廉，攻破高唐州。

必須找到公孫勝，不然咱們破不了高廉的妖法。

還是派我去吧。

李逵有自己的道理，柴進因爲自己打死人而攤上官司，現在要派人找公孫勝出山收拾高廉，自己當然是最佳人選。

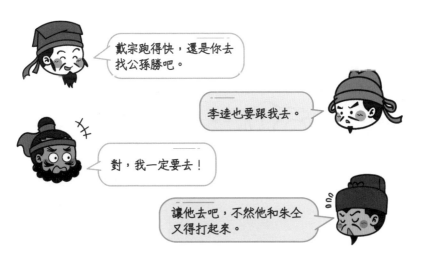

戴宗跑得快，還是你去找公孫勝吧。

李逵也要跟我去。

對，我一定要去！

讓他去吧，不然他和朱仝又得打起來。

戴宗看了一眼李逵，要求他一路上吃素，不然他沒有
辦法施展法術。李逵表面答應了，心裡可不服氣。

李逵上路後就犯戒，晚上偷著吃牛肉，還偷著喝酒。
戴宗施展法術，叫李逵一直奔跑停不下來，想徹底改
改他的脾氣。

經過這麼一番折騰，李逵徹底服了戴宗，還承認了自己犯戒的事。

就這樣，兩個人費了很大周折，終於打探到了公孫勝的住處。但是公孫勝換了名字，藏起來不見他們。

開門的是一個婆婆，戴宗問公孫勝的去處，婆婆一問三不知，李逵看著戴宗，覺得十分好笑。

李逵抽出兩把板斧，簡單粗暴地衝過去。

這一招果然奏效，公孫勝第一時間就跑了出來。

公孫勝得知情況以後，面露難色。

 沒人照顧我老娘啊。

我能照顧好你娘，我照顧老人最拿手。

 你閉嘴吧，你老娘叫你背著餵老虎了，這事兒誰不知道啊？

你說的也是。

入雲龍鬥法破高廉

公孫勝還說自己是有師父的,如果師父羅眞人不同意,自己是不能出山的。

> 哥哥,你不能見死不救啊。

> 必須得去一趟。

> 我得問問師父羅眞人。

在戴宗苦苦哀求下,公孫勝只得帶著二人去拜見羅眞人。

> 我師父只要說一句話,我不能不聽。

> 我覺得你師父會答應。

> 必須答應。

三人順利地見到了羅眞人，公孫勝把情況詳細說了，
徵求羅眞人的意見。羅眞人搖了搖頭，表示不同意。

三人下山回到公孫勝家裡，戴宗長吁短歎，李逵則是
破口大罵。

李逵睡到半夜，偷著起來，拎著斧子就去找羅眞人算帳去了。他悄悄摸到羅眞人的臥室，上去一斧子把羅眞人砍死了。出門遇到一個童子，李逵手起斧落，把小童子也砍倒了。

李逵幹完壞事後就偷著跑回去睡覺了，第二天早上，戴宗央求公孫勝再去求羅眞人開恩。李逵暗地裡偷笑，不動聲色地跟著上了山。

三人到了山上，李逵心裡暗自得意。不料那個羅眞人
正在屋內坐著，還有那個童子也完好無損地出來了。
李逵驚訝得舌頭都伸出來，縮不回去了。

當下羅眞人施展法術，一下子就把李逵給弄到半空中
飛了起來，把李逵嚇得哇哇大叫。

217

李逵被羅真人的法術一下子弄到了薊州知府的屋上，
骨碌碌滾了下去。知府見了，趕緊叫人把李逵抓住。
李逵摔得不輕，躺在地上直喊「哎呦」。
知府害怕，覺得這肯定是妖怪，必須制服他。於是，
他讓官差找狗血往李逵身上倒，找屎尿往李逵身上
潑。

這邊羅真人終於同意讓公孫勝出山，公孫勝與高廉在陣前相遇。

高廉故技重施，變出的怪獸衝向梁山大軍。公孫勝一道金光射去，那些怪獸和毒蟲紛紛墜落。

高廉苦心鑽研數年的法術被公孫勝破了，他也從雲中跌落，被雷橫一刀砍死了。

高廉一死，高唐州立即被宋江大軍攻破。宋江叫人張貼告示，出榜安民，秋毫無犯。他帶人去監獄中尋找柴進，但是卻沒找到。

宋江下令嚴查看管牢房的獄卒，這才得知柴進被丟進了一口深井裡。宋江兩眼垂淚，以爲柴進必死無疑了。李逵自告奮勇下去查看，不久就鑽了出來。

柴進在筐裡被拽了上來，宋江等人看柴進被打得傷痕累累，不由得眼中掉淚，李逵在井下哇哇大哭。

歷史大揭秘

歷史上的柴氏家族

　　高唐州知府高廉的小舅子殷天錫想要霸佔柴皇城家的花園，柴皇城就對殷天錫說：「我家是金枝玉葉，有先朝丹書鐵券在門，諸人不許欺侮」。那麼你知道在趙宋王朝自稱金枝玉葉的柴氏家族是什麼來歷嗎？

　　柴氏家族的崛起是從柴榮一代開始的。柴榮是後周開國皇帝郭威的妻侄，郭威膝下無子，就收柴榮為義子。柴榮隨郭威從軍，為後周建立立下汗馬功勞。郭威駕崩後，柴榮即位成為後周第二位皇帝——周世宗。

　　可惜柴榮英年早逝，致使他的兒子宗訓七歲即位，趙匡胤乘機發動陳橋兵變，奪取帝位。不過與以往篡權者對前朝皇室大肆殺戮的做法不同，趙匡胤極力優待柴氏皇族，不但封宗訓為鄭王，還對柴氏其餘族人大加封賞，甚至規定柴氏成員即使犯罪也不用受刑。據說柴榮的生父就是依仗朝廷的保護恣意妄為，當時老百姓見了他都很畏懼。

　　趙匡胤之後的歷任宋朝皇帝都堅持著優待柴氏家族的一貫方針。柴氏家族在有宋一朝，朝廷封賞不斷，家族內爵位相繼，雖已非皇族，卻一直享受著皇族的特權。

　　不過地位優越的柴皇城最終還是被欺侮至死，可見徽宗朝在上奸臣當道，在下黑惡橫行，朝廷法紀早已蕩然無存。

我們家一直是有特殊待遇的。

丹書鐵券

柴皇城死後，柴進派人回自己莊子上取家傳的丹書鐵券，打算拿著它告御狀為叔叔報仇。那丹書鐵券是什麼，為什麼會有這樣的效力呢？

丹書鐵券，又稱丹書鐵契，也就是民間俗稱的免死金牌。丹書鐵券一般是瓦形，券上會有文字說明免除罪行的次數、條件等，這些文字最初用丹砂書寫，所以叫「丹書」。

丹書鐵券是皇帝賜予功臣或重臣的獎賞憑證，也可以說是皇帝與功臣約定的免罪契約。出於對臣子功勞的獎賞，皇帝跟他約定憑藉鐵券可以免除他的某些罪行。不過鐵券並不可以無限使用，一般都會規定好免罪的次數。比如朱元璋賜給耿炳文鐵券時，上面就寫明，除了謀逆大罪外，死罪皆可免。至於免罪次數則約定可免除耿炳文本人兩次死罪，免除他兒子一次。不過免除死罪並不是完全免受處罰，一般還是會革職查辦，甚至永不續用。

《水滸傳》說柴進家族的丹書鐵券是宋太祖趙匡胤所賜，不過這個說法恐怕完全是小說家的虛構。雖然柴氏家族在宋王朝享有一定的豁免權，但史書上卻並沒有皇帝賞賜柴氏家族丹書鐵券的記錄。

美髯公朱仝

星名：天滿星

座次：12

綽號：美髯公

職業：鄆城縣巡捕馬兵都頭

武器：朴刀

梁山職司：馬軍八驃騎兼先

鋒使第六位

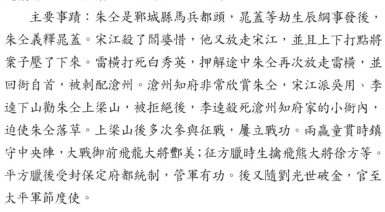

外貌：身長八尺四五，一部

虎鬚髯，面如重棗，目若朗星，酷似關羽。

主要事蹟：朱仝是鄆城縣馬兵都頭，晁蓋等劫生辰綱事發後，朱仝義釋晁蓋。宋江殺了閻婆惜，他又放走宋江，並且上下打點將案子壓了下來。雷橫打死白秀英，押解途中朱仝再次放走雷橫，並回衙自首，被刺配滄州。滄州知府非常欣賞朱仝，宋江派吳用、李逵下山勸朱仝上梁山，被拒絕後，李逵殺死滄州知府家的小衙內，迫使朱仝落草。上梁山後多次參與征戰，屢立戰功。兩贏童貫時鎮守中央陣，大戰御前飛龍大將酆美；征方臘時生擒飛熊大將徐方等。平方臘後受封保定府都統制，管軍有功。後又隨劉光世破金，官至太平軍節度使。

人物評價：朱仝不僅貌似關羽，其為人處世也與關羽如出一轍，忠誠待人，義薄雲天。陳忱評價他：「真實無偽，誠哉君子。」

義膽忠肝豪傑，胸中武藝精通。超群出眾果英雄。彎弓能射虎，提劍可誅龍。一表堂堂神鬼怕，形容凜凜威風。面如重棗色通紅。雲長重出世，人號美髯公。

第 8 章

時遷盜甲

高太尉大興三路兵

宋江攻破高唐州、殺了知府高廉的事情，很快就傳到了京師。太尉高俅聽說自己的兄弟被殺了，恨得咬牙切齒。

宋江，我與你們不共戴天！

高俅在皇帝那奏了一本，要求朝廷派兵剿除梁山賊寇。

宋江說要把陛下殺掉，還說他要來做皇帝呢。

太尉，你去除掉這夥不知天高地厚的賊寇，一定要斬草除根！

高太尉向皇帝舉薦了一個人才，那就是有萬夫不當之勇的呼延灼。他表示只要此人出戰，一定能夠蕩平梁山泊，活捉宋公明。

皇帝看到呼延灼果然一表人才，心裡十分高興，賞賜他一匹踢雪烏騅馬。呼延灼得到重用後，幹勁兒很足。

高俅問呼延灼還有什麼要求，可以儘管提出來，呼延灼向高俅舉薦了兩位大將做先鋒官。

梁山泊那邊早就得到了消息，開始在聚義廳商量對策，吳用先介紹了呼延灼的家庭背景。

宋江胸有成竹，他詳細制定了「車輪戰」的戰術。

先是秦明跟他打，秦明打完林沖打，林沖打完花榮打，花榮打完扈三娘打……

哥哥，你叫他們都去打，那我到底什麼時候打？

兩軍對陣，戰鼓擂起來，雙方劍拔弩張。按照計畫安排，「霹靂火」秦明舉著狼牙棒首先出戰，對面迎戰的大將是先鋒韓滔。

來將速速受死！

天兵到此，定要踏碎梁山，把你碎身萬段！

兩個人話不投機，戰在一處。鬥到二十多個回合時，那韓滔逐漸招架不住。背後的呼延灼看出韓滔要敗陣，趕緊催馬上前迎戰秦明。

秦明撥馬便走，「豹子頭」林沖迎戰呼延灼。兩個人功夫都很了得，打了五十個回合依然不分輸贏。「小李廣」花榮打馬上陣，把林沖換下去了。

花榮和呼延灼廝殺起來，呼延灼一看，梁山泊這幫人是不按照套路出牌啊，這麼打下去自己很累。這時，「天目將」彭玘出馬，替呼延灼迎戰花榮。

我來對付花榮。

年輕人不講武德！

彭玘的功夫不如花榮，打了二十多個回合就招架不住了。呼延灼一看不行，還得自己出戰。呼延灼往上一衝，「一丈青」扈三娘殺了出來。

來，姑奶奶跟你大戰三百回合！

你們太不講規矩了。

彭玘一看，這也不能休息啊，又跟扈三娘戰在一處。
呼延灼還沒喘口氣，「病尉遲」孫立拍馬殺了過來。
彭玘跟扈三娘打了二十多個回合，被「一丈青」扈三娘
打落下馬活捉。呼延灼拼命衝殺解救，無奈梁山泊這
些人一擁而上，圍住呼延灼。

連環馬大敗梁山眾

雙方大軍混戰在一起，呼延灼的軍陣裡都是連環馬，戰馬戴著馬甲，士兵披著鐵鎧甲，戰馬戴上馬甲後只露四蹄懸地，士兵披上鐵鎧甲後只露著一雙眼睛。宋江這邊的將士們射箭過去，可對方有戰甲保護，根本奈何不了。

第二天雙方再次交戰，呼延灼的連環馬威力盡顯。連環馬軍衝殺過來，兩邊弓箭亂射，中間都是長槍。宋江一看，這連環馬不好惹啊，放弓箭也阻擋不住。連環馬漫山遍野，橫衝直撞，梁山大軍潰敗。

幸虧有船隻接應，宋江才沒被活捉。宋江趕緊清點了一下梁山好漢的情況，中箭的有六個好漢，分別是林沖、雷橫、李逵、石秀、孫新、黃信。

呼延灼這邊大獲全勝，高俅得到消息後立即稟報皇帝，呼延灼得到了皇帝的獎賞。

凌振號稱宋朝第一個炮手，本事非常厲害。到了戰場，他先放了三炮。第一炮是風火炮，第二炮是金輪炮，第三炮是子母炮。

哇，這炮太猛了。

得想辦法把這凌振給抓起來，不然咱們早晚得被轟死。

宋江派李俊、張橫、張順和阮氏三兄弟去抓凌振，利用他們水性好的特點，設計把凌振給抓住了。

你幹什麼？

你不是造大炮轟我們嗎，我給你灌水，讓你喝個飽。

宋江很會勸降，讓先前被抓來的彭玘成功歸順了梁山，然後又把凌振勸降了。

你們就暫時在我們這裡上班，待遇不低，等招安的時候，你們再回原單位。

我家眷都在老家呢。

我去把他們接來。

別叫這傢伙去，他脾氣上來都得把人砍死。

宋江召開會議，發動群眾想辦法打敗呼延灼的連環馬。「金錢豹子」湯隆表示有辦法，原來他有個表哥叫「金槍手」徐寧，他能破這連環馬。

我家祖輩都是打造兵器的，知道這連環馬得用鉤鐮槍破。

但是我不會用鉤鐮槍，只有我表哥徐寧會。

那趕緊打造鉤鐮槍。

徐寧現在是京師班的教頭，人家工作挺好的，所以如何叫他上山是個問題。吳用和宋江相視一笑，在這方面他們倆是非常有辦法的。

徐寧家有件寶貝，是一副雁翎金甲，也叫賽唐猊。你們誰能把這甲偷來，我就有辦法叫他歸順咱們。

「鼓上蚤」時遷最擅長這種事了。

如果他不來梁山入夥，咱們就把他後路給斷了。

需要砍他家人就和我說一聲。

湯隆這邊開始在梁山泊打造鉤鐮槍，時遷則下山去盜甲。

這回找到存在感了。

時遷離開梁山泊，很快就來到了東京。他找了家客店住下，然後去打聽徐寧家住在哪裡。

到了晚上，時遷吃飽喝足，開始行動。借著月光，時遷爬上徐寧家牆外的一棵大柏樹，在樹上往院子裡觀望。

我回來了。

時遷從樹上溜下來，進了院子裡，在暗中觀察情況。只見徐寧和娘子正在火爐邊上烤火，徐寧娘子懷裡抱著一個六、七歲的小孩。時遷仔細觀察了一番，看到了梁上掛著的大皮匣。

湯隆說雁翎金甲就在這皮匣裡裝著呢。

時間不早了，徐寧夫妻就寢了，丫鬟也在房門外睡下。屋裡的桌子上點著碗燈，時遷從懷中取出了一截蘆葦管兒，從窗口伸進去，把碗燈吹滅了。

噗——吹滅咯！

徐寧發覺燈滅了，招呼丫鬟起來做飯。趁著丫鬟開門的時候，時遷敏捷地閃身進屋。

丫鬟做好了飯菜，徐寧吃完就拿著金槍出去了。丫鬟重新睡下，時遷卻已經潛入到房內的房梁上。他鑽了出來，去摘那個皮匣。

時遷學老鼠打架學得還挺像，徐寧娘子倒頭睡下了，
時遷躡手躡腳地摘下皮匣溜走了。

時遷成功把金甲盜走，湯隆在城外等候，見時遷得手
了，兩人非常高興，開始繼續實施計畫。

再說徐寧這邊，天亮以後，丫鬟發現門是開著的，趕緊查看家裡丟了什麼東西。一看才發現皮匣不見了，全府上下頓時慌作一團。

徐寧晚上下了班才得到消息，心裡十分著急，一晚上沒睡好。

第二天一早，徐寧正在心煩的時候，湯隆前來拜見。
見徐寧眉頭緊鎖，湯隆就故意打聽發生了什麼事情。

別提了，我那件寶貝丟了。我放在一個紅羊皮做的皮匣裡，掛在房梁上了。

真巧！我在路上看到一個瘸腿的人，拿著一個紅羊皮做的皮匣子。

徐寧一聽心裡狂喜，迫不及待地跟湯隆去追。兩個人
拿著武器出了東門，一路追趕下去。

咱們天黑之前能追上賊人嗎？

差不多。

徐寧心裡著急，湯隆是暗暗得意。兩人追了一天也沒有追上，湯隆帶著徐寧住進了一家客店。

就這樣，徐寧被湯隆一路引領著往前走，距離梁山泊越來越近。這一天，他們終於追上了時遷。

徐寧揪住時遷就要揍，時遷趕緊說我偷了你的寶貝不假，但是東西不在我這裡，不信你看。

時遷表態，可以帶著二人去找李三要回金甲，徐寧一想，只好叫時遷帶路了。

時遷假裝瘸著腿，走路很慢。徐寧心裡著急，不斷催促。

徐寧忍氣吞聲，幫著找了輛馬車。三個人上車後，按照時遷指引的道路去找李三。徐寧不知道，這是上梁山的路。

就這樣，三個人又往前走了很遠的路。

到了客店，時遷絲毫不客氣，什麼好吃就點什麼，花費的銀子都叫徐寧掏。

徐寧只好掏銀子，湯隆招呼徐寧也喝兩碗。徐寧一碗酒下肚，就被蒙汗藥麻倒了。

就這樣，徐寧被時遷和湯隆給弄上了梁山泊。宋江得
到了消息，趕緊出來迎接。

徐寧的藥勁兒一過，人也甦醒過來。徐寧睜開眼
睛，看見身邊圍著很多人，有點發懵。

湯隆給徐寧介紹了前面發生的事情，徐寧揉著腦袋仔細聽。

請你來教我們鉤鐮槍，幫我們攻破呼延灼的連環馬。

那你也沒說教鉤鐮槍的事情啊？

徐寧有點「丈二和尚摸不著頭腦」，認真地聽湯隆講述經過。

我們讓時遷把你的金甲偷來，這樣你就會追他，先把你騙上山，然後再讓你教我們鉤鐮槍。

那不行啊，我在金槍班有工作啊。得了，金甲我也不要了，我得回去了。

徐寧不答應，宋江和吳用等人耐心地規勸。

戴宗已經把徐寧的家眷騙到了山上。

徐寧一看實在是沒有辦法了，只好安心在梁山泊操練兵馬，教大家鉤鐮槍法，爲打敗呼延灼的連環馬做準備。

真好，呼延灼這回算完了。

呼延灼的原型是呼延通？

呼延灼在以前的水滸故事中都寫作「呼延綽」，《水滸傳》才改作「呼延灼」，並介紹說，呼延灼是鐵鞭王呼延贊的嫡傳子孫，憑藉家傳的鐵鞭法所向無敵。

呼延贊是宋朝開國名將，他出身將門，趙匡胤兄弟都對他極為欣賞，宋建國前後，呼延贊南征北戰，戰功赫赫。不過遍查史書，在呼延贊的後人中都找不到一個叫呼延灼的人，倒有個呼延通跟呼延灼的事蹟有幾分相似。

《水滸傳》第一百二十回寫招安後，呼延灼任御營指揮使，還帶領大軍抗金，大敗金國四太子金兀朮，後出軍到淮西一帶不幸陣亡。而呼延通正是抗金名將韓世忠的部下，在抗金戰役中屢有驚人表現。有一次與金軍激戰之時，韓世忠墮馬險些被擒，多虧呼延通殺退敵軍，將他救回。還有一次，呼延通在淮陽與金軍作戰，單人匹馬對戰金軍將領，二人從馬上打到馬下，一直相持不下，最後呼延通徒手掐住對方的脖子才將他活捉。

而這場慘烈的戰鬥也被《水滸傳》借鑑過來，小說中呼延灼生擒韓存保一段的描寫與史書上的這段記載幾乎如出一轍。尤其是為了跟歷史紀錄保持一致，在這次戰鬥中還把呼延灼慣用的鐵鞭改成了與呼延通一樣的長槍。由此可見，小說家確實是努力要把呼延灼和呼延通聯繫起來，把呼延通的事蹟嫁接到呼延灼身上。

呼延通

碗燈是什麼？

　　時遷到徐寧家中盜取雁翎金甲，就看見徐寧夫妻已經就寢了，屋裡的桌子上還點著碗燈，時遷就把一支蘆葦管伸進去，把燈吹滅了。從小說描寫來看，碗燈應該是當時很常見的照明工具。

　　宋代人們日常使用的照明工具有油燈和燭燈。油燈因為製作簡易、造價低廉，所以普通百姓家最為常用。而燭燈則常見於富貴人家，因為蠟燭比較明亮，而且油煙比較小，富貴人家在宴飲或者其他夜間娛樂活動中用蠟燭的比較多。

　　宋代的油燈大多用陶瓷製作，陶瓷的燈具比較省油，而且價格也相對低廉，比金屬燈具更受歡迎。而且陶瓷燈具的製作也很簡易，有時甚至可以隨便把家中常用的小碗或者小杯子拿過來，把燈油倒進去放入燈芯就可以用來照明了。或者就是受此影響，宋代燈具很多都是碗、杯子或者高腳盤的造型。徐寧家的碗燈應該就屬此類。

　　另外，小說寫武大郎家：「看看天色黑了，那婦人（潘金蓮）在房裡點上碗燈」，寫張青黑店：「側首一個小門裡面，尚點著碗燈」，諸如此類的描寫很多，可知碗燈在宋代日常生活中基本隨處可見。還有寫李師師處提到：「掛著一碗鴛鴦燈」，則碗燈或許還有壁掛式的。

鼓上蚤時遷

星名：地賊星

座次：107

綽號：鼓上蚤

身份：盜賊

外貌：身輕如燕，濃眉鮮眼

梁山職司：軍中走報機密步軍頭領第二位

主要事蹟：時遷擅長飛簷走壁，以偷盜為生。楊雄在翠雲山殺死潘巧雲，恰好被時遷看到，三人相約一起投靠梁山。楊雄、石秀、時遷途經祝家莊，因為時遷偷吃了報曉的公雞發生衝突，時遷被祝家莊抓住，梁山軍三打祝家莊勝利後隨同上梁山。為打敗呼延灼，時遷奉命盜出徐寧家的寶甲，誘使徐寧上山。三打大名府時，時遷潛入城為內應，並在翠雲樓放火為號發起總攻。攻打曾頭市時時遷奉命前去刺探敵情，將敵人底細查探得一清二楚。三敗高俅時時遷潛入城燒毀濟州城樓及城西草料場，征遼時他潛入薊州城放火，征田虎時又潛入蓋州城為內應並放火燒毀草料場，征方臘時與顧大嫂等從小路摸上獨松關，放火燒關。征方臘勝利後即將班師時時遷感染絞腸痧而死。

人物評價：時遷，正所謂雞鳴狗盜之徒。祝家莊偷雞，為晁蓋所不齒，足見晁天王之大義。小說最後居然讓他死於絞腸痧，也似有嘲諷之意。

骨軟身軀健，眉濃眼目鮮。形容如怪族，行步似飛仙。
夜靜穿牆過，更深繞屋懸。偷營高手客，鼓上蚤時遷。

第9章

巧計鬧華州

魯智深失陷華州城

三山好漢歸順水泊梁山以後，這一天「花和尚」魯智深來請託宋江。宋江很是熱情，請魯智深慢慢道來。

原來史進和「神機軍師」朱武、「跳澗虎」陳達、「白花蛇」楊春四個人組建了一個領導團隊，佔領少華山打家劫舍。

魯智深這麼一提議，宋江滿口答應下來。魯智深決定
自己去少華山走一趟，把兄弟史進拉到梁山泊來。宋
江不放心，就派武松跟著去。

你一個人路上別
有閃失，武松兄弟
辛苦一趟吧。

沒事，我自己
去就成。

什麼意思？你
嫌棄我啊？

武松

魯智深和武松收拾好東西，辭別眾人，就朝著華陰縣
的少華山而去。等魯智深和武松下山以後，宋江心裡
放心不下，又讓「神行太保」戴宗跟著他們。

有事趕緊回來
報告。

好喔！

戴宗

魯智深和武松一路無話，很快就來到少華山下，這時，埋伏的嘍囉出來攔住了他們的去路。
嘍囉們被魯智深嚇怕了，武松上前打聽史進在哪裡。

小嘍囉們連滾帶爬地跑回去報信，不一會兒，山上下來了「神機軍師」朱武、「跳澗虎」陳達和「白花蛇」楊春，卻不見有史進。

我兄弟史進怎麼沒來？

兩位英雄，咱們上山說話。

這位師父性子急，你們別介意。

朱武三人一看這魯智深脾氣十分暴躁，只好把史進的情況詳細說了一遍。

哎呀，你們這是給我做少華山前景會報呢，我兄弟到底哪去了？

是啊，別光介紹大好形勢啊。

史大官人當了我們頭目以後，少華山事業興旺，每天都有不少收入。

是啊，各方面福利待遇都有提升。

人均收入達到了一個新高度。

事情從頭說起，北京大名府的畫匠王義帶著女兒玉嬌枝去華山的金天聖廟還願。

本州的賀太守是當朝蔡太師的門下，他為官貪婪腐敗，到處搜刮民財。這一天他來到廟裡，正看見玉嬌枝，一眼就喜歡上了，堅決要娶玉嬌枝為小妾。王義不答應，賀太守勃然大怒。

有一天，史進下山，遇到了被官差押解的王義。史進知道此事以後，勃然大怒。

史進要官差放了王義，那官差怎麼肯答應。雙方發生打鬥，史進幾個回合就把官差給殺了。

沒想到那賀太守十分狡猾，史進刺殺不成，反倒中了圈套，被官府給抓住了。

賀太守召集人馬，決定掃蕩山寨，朱武等人正一籌莫展的時候，魯智深和武松找上門來了。

武松等人苦勸不住，魯智深摩拳擦掌，說什麼也要馬上去殺了賀太守。

魯智深好不容易熬到天亮，提起禪杖就走，衆人無可奈何。

你們太耽誤事了，我現在去殺了他，回來正好睡覺。

你又得回去，又得請示，這樣太囉嗦了。

要不這樣，我先回梁山泊報信，咱們多派些人去。

魯智深一路急奔到華州城裡，他剛過了州橋，正好看見賀太守的轎子過來，魯智深一看這是好機會啊。

快走到轎子前的時候，魯智深發現轎子旁的隨行人員有二十多個，都拿著武器，警覺性很高。魯智深猶豫了，這一幕恰好被轎子裡的賀太守給看到了。

賀太守看在眼裡，吩咐手下去邀請魯智深吃齋飯。魯智深還奇怪呢，心想我正想拍死他呢，他居然還邀請我了，那我正好可以順便找機會解決了他。

誰想到魯智深剛到太守府，就被賀太守設計給抓住了。

吳用智賺降香太尉

抓住梁山賊寇的消息很快就傳遍了華州城，少華山這邊也得到了消息，武松等人一聽焦急萬分。

唉，大師父沒救出史進，還把自己搭進去了。

報，「神行太保」戴宗求見。

戴宗上了山，得知消息後，馬不停蹄返回梁山泊搬救
兵。

宋江一聽，後悔不迭。他趕緊清點人馬，準備前去相
救。

宋江分派了三路兵馬，總計七千多人，大軍離開梁山泊，殺奔華州城。沒過幾日，宋江大軍就到了少華山，跟武松等人會合。

武松引薦朱武等人見過宋江，大家開始商量如何攻打華州城。

晚上宋江和吳用等人圍著城牆巡視了一圈，果然像朱武所說，城池堅固，難以攻打。

吳用叫小嘍囉下山探聽各路消息，第三日的時候，有人上山稟報，這消息讓吳用大喜過望。

吳用和宋江、李應、朱仝、呼延灼、花榮、秦明、徐寧共八人，悄悄帶五百餘人下山，來到渭河渡口，李俊、張順、楊春已奪下十餘隻大船在此等候。

第二天，遠處鑼鼓齊鳴，三隻官船開了過來。一隻大船上插著一面黃旗，上面寫著「欽奉聖旨西嶽降香太尉宿元景」。

你們幹什麼？敢阻攔朝廷大臣的船？

我是梁山泊的義士宋江，想跟太尉聊聊！

聊聊？你是不是吃飽了撐的，給我躲開！

太尉，咱們遇到強盜了。

官兵不肯讓宋江上船，吳用一揮手，岸上的花榮、秦明、徐寧、呼延灼引出馬軍，一齊搭上弓箭。官兵嚇壞了，趕緊躲進船艙。

那宿太尉嚇得哆哆嗦嗦地出來，本來他不想下船。吳用使個眼色，李俊和張順等人衝上去把護衛給摁到水裡灌了個水飽。

宿太尉嚇得魂不附體，被宋江等人帶上了少華山。宋江很有禮貌，把魯智深和史進被賀太守抓去的事情說了。

吳用一聽宿太尉答應了，就叫人把這些人的衣服給扒下來，宿太尉一看就慌了。

宋江、吳用扮做宿太尉的左右助手；解珍、解寶、楊雄、石秀扮做虞候；小嘍囉都執著旌節、旗幡、儀仗、法物，還擎抬了御香、祭禮、金鈴吊掛；花榮、徐寧、朱仝、李應則扮做士兵；朱武、陳達、楊春扮演隨從。可是誰來扮演宿太尉啊？

他們從一萬多人的隊伍裡選中了一個小嘍囉，這個小嘍囉的相貌很像宿太尉。但小嘍囉是人生第一次演戲，非常緊張，一張口就結巴。

經過緊張的排練，吳用覺得差不多了，率領著這支冒牌軍朝著華州城進發了。

宋江等人並沒有報信給賀太守，直接就到了西嶽廟。

眾草莽大鬧西嶽華山

戴宗把朝廷派太尉來降香的消息告訴了觀主，觀主慌忙組織盛大的歡迎儀式。吳用和宋江一直陪伴在假太尉左右，生怕他露餡。

觀主上前參拜，小嘍囉心裡發慌，不知道怎麼接話，吳用不慌不忙應對。

好的，馬上就辦。

宿太尉路上感冒了，身體不舒服，不能說話，你去找個轎子來吧。

對對對，我緊張地都不會走路了。

觀主

就這樣，觀主找來轎子，把假太尉抬到了廟裡。

我太感動了，這輩子第一次坐轎子。

吳用故作嚴肅地跟觀主說，宿太尉可是奉了聖旨前來降香，還帶了金鈴吊掛來與聖帝供養，你們當地的官員居然都不來參見？

這可不好，官員架子都太大，這是不想進步啊。

啊，我已經派人去稟告了，他們不知道這事。

正說話間，賀太守派來的官員已經到了外面。他們看這些人穿著打扮都很有派頭，一看就是東京來的。

太尉嗓子不舒服。

咦？太尉怎麼不說話呢？

官員

吳用和宋江假模假樣地進出，將消息稟報給假太尉，
假太尉只用手指指點點，吳用和宋江做翻譯。
官員嚇得趕緊解釋，說雖然收到了文書，但是不知道
太尉到來的具體時間，所以沒有能夠及時拜見。最近
梁山泊的賊寇作亂，賀太守忙著抓賊寇呢。

他們怕官員生疑，吳用當著眾人的面把一對金鈴吊掛拿出來。這金鈴吊掛是東京的能工巧匠做成的，看上去玲瓏剔透，光彩奪目，叫官員開了眼。官員趕緊回華州城將情況稟報給賀太守，宋江等人心裡十分高興。

真是開了眼了。

吳用安排大家做好準備，暗中埋伏下兵馬，只等賀太守自投羅網，那邊賀太守已經急匆匆趕來。

只待我一聲令下，收拾這個壞蛋。

賀太守帶著三百多人，來到廟前下馬。吳用叫賀太守的隨從都在外面等待，只准賀太守一人進來。賀太守進來見假太尉，宋江等人冷笑。

賀太守一看不對勁啊，解珍、解寶兩兄弟衝出來，踢翻賀太守就給殺了。外面埋伏的好漢聽到命令，包圍了賀太守的隨從。

解珍

解寶

哼，你亂抓我梁山好漢魯智深，你可知罪？

我入了賊窩啊！

賀太守

嘿嘿，我是假冒的。呔，我乃朝廷命官，以後你們要對梁山泊好漢尊重點！

武松等梁山好漢一頓衝殺，把賀太守帶來的人馬都給解決了，然後衝進華州城，解救了史進和魯智深。

宋江和吳用打下了華州，圓滿完成了任務。他們對宿太尉表達了感謝，宿太尉哭笑不得，也顧不上降香了，連夜趕回了京城。

宿元景實有其人嗎？

　　宿元景是《水滸傳》中為數極少的賢臣，更被視為梁山的大恩人。小說中介紹他是朝廷的殿司太尉，皇帝身邊的心腹近臣。宿太尉雖是在鬧華州時第一次登場，但在宋江遇九天玄女時，小說已暗示「遇宿重重喜」，這個「宿」就是指宿太尉，暗示宿太尉將是梁山最大的福星。宿太尉不僅在鬧華州時助梁山好漢成功，後來梁山兩次招安失敗，又多虧宿太尉向皇帝轉達梁山英雄的報國之心，一力促成招安，招安後也是宿太尉不斷向皇帝申述梁山的功績，力圖保護梁山眾人。

　　但就目前所見的歷史記載來看，宿元景這個人物卻是完全虛構的，歷史上並無其人。高俅、蔡京等一干奸臣都實有其人，朝廷裡唯一一股清流事實上卻並不存在，作者對現實的失望甚至是絕望之情可以想見，而他對徽宗朝廷的譏諷也可以說是尖刻到極致了。

　　另外有人推測，宿元景的名字應該別有寓意。「宿」可以指星宿，「元」有「首」的意思，「景」本意就是日光，古代常用來借指皇帝。小說寫梁山好漢都是星宿下凡，那麼「宿元景」的名字也就暗示他其實是眾星宿之首，是把梁山隊伍帶向朝廷、帶到皇帝身邊的人。

　　當然宿元景到底是梁山的福星還是災星，大家的想法也不同。有人認為宿元景促成招安，看上去是幫助梁山眾人得償所願，其實不斷讓梁山隊伍南征北戰，是加速了它的滅亡。

虞候

　　《水滸傳》裡「虞候」一詞出現了很多次。鬧華州時，宋江等人打著宿太尉的幌子矇騙賀太守，當時楊雄、石秀等人就扮作虞候混在隊伍裡。幫助高俅父子陷害林沖的陸謙也是一個虞候。那麼虞候是什麼職務呢？

　　宋代稱「虞候」官職有三類：都虞候、將虞候、院虞候，雖都稱作「虞候」，品級、性質卻差別很大。

　　按宋朝軍制，廂和軍是最大的軍事單位，一軍有兩千五百餘人，一廂相當於十軍，也就是兩萬五千多人。而廂和軍的統軍官就是指揮使和都虞候。另外，宋朝最高統兵機構中也設有都虞候一職，可見都虞候的地位是很高的。

　　而「將虞候」則屬於低級軍官，大家形容它是「兵頭將尾」，就是說是最低級的軍官，地位僅高於一般士兵，有時人們就直接簡稱作「虞候」，也算是一種恭維。另外院虞候則是隸屬地方刑獄機構的胥吏，經常是由符合一定條件的百姓輪流充當的，並非正式官職，也並不屬於軍事系統。

　　《水滸傳》中把林沖害得家破人亡的陸謙，是高俅門下心腹，不惜謀害好友討好高俅，種種描述顯示陸謙地位並不高，應該就是一個將虞候。至於宿太尉隨從隊伍中的虞候，雖然地位不高，但顯然都應是朝廷正式人員，是將虞候的可能性也比較大。

官不大，壞事做的倒不少。

林沖　　陸虞候

神機軍師朱武

星名：地魁星

座次：37

綽號：神機軍師

身份：少華山頭領

武器：雙刀

才藝：精通陣法，廣有謀略。

外貌：白面俊眼

梁山職司：參贊軍務頭領

主要事蹟：朱武與楊春、陳達在少華山落草。陳達率人攻打史家莊，被史進活捉。朱武使出苦肉計，跟楊春自投羅網，表示願與陳達同生死。史進被感動，放了三人。後來史進與三人結交的消息被人告知官府，史進無奈也來到少華山。後來史進為營救被霸佔的民女玉嬌枝被賀太守抓住，宋江等帶人大鬧華州救出史進，朱武等少華山眾人投靠梁山。芒碭山的首領向梁山挑釁，朱武與史進等攻打芒碭山，朱武負責指揮，收伏項充等人。三敗高俅後朱武建議拜託宿太尉斡旋招安之事。招安後擔任盧俊義軍師，屢出奇謀。征王慶時，朱武擊破奚勝的陣法，助盧俊義攻入西京。攻昱嶺關時，盧俊義被打敗，損失六員將領，也是朱武用計才取下了昱嶺關。征方臘班師後同樊瑞一起投靠公孫勝處學道，終養天年。

人物評價：金聖歎評朱武：「神機軍師，亦復名下無虛。不止是苦計，亦實有義氣也。」朱武用苦肉計營救陳達，不只是「計」，其中也有與兄弟同生共死的義氣。看他屢出奇謀，神機妙算或不亞於吳用，而義氣尤在他之上。

道服裁棕葉，雲冠剪鹿皮。臉紅雙眼俊，面白細鬑垂。陣法方諸葛，陰謀勝范蠡。華山誰第一，朱武號神機。

23141
新北市新店區民權路108-2號9樓
野人文化股份有限公司 收

請沿線撕下對折寄回

野人

書號：0NGT0053

野人文化
讀者回函卡

書　名 _____

姓　名 _____ □女 □男　年齡 _____

地　址 _____

_____

電　話 _____ 手機 _____

Email _____

□同意 □不同意　收到野人文化新書電子報

學　歷 □國中(含以下) □高中職　□大專　　□研究所以上
職　業 □生產/製造　□金融/商業　□傳播/廣告　□軍警/公務員
　　　 □教育/文化　□旅遊/運輸　□醫療/保健　□仲介/服務
　　　 □學生　　　□自由/家管　□其他

◆你從何處知道此書？
　□書店：名稱 _____　□網路：名稱 _____
　□量販店：名稱 _____　□其他 _____

◆你以何種方式購買本書？
　□誠品書店　□誠品網路書店　□金石堂書店　□金石堂網路書店
　□博客來網路書店　□其他 _____

◆你的閱讀習慣：
　□親子教養　□文學　□翻譯小說　□日文小說　□華文小說　□藝術設計
　□人文社科　□自然科學　□商業理財　□宗教哲學　□心理勵志
　□休閒生活（旅遊、瘦身、美容、園藝等）　□手工藝／DIY　□飲食／食譜
　□健康養生　□兩性　□圖文書／漫畫　□其他 _____

◆你對本書的評價：（請填代號，1. 非常滿意　2. 滿意　3. 尚可　4. 待改進）
　書名 _____ 封面設計 _____ 版面編排 _____ 印刷 _____ 內容 _____
　整體評價 _____

◆你對本書的建議：
_____

_____

_____

_____

野人文化部落格 http://yeren.pixnet.net/blog
野人文化粉絲專頁 http://www.facebook.com/yerenpublish